SV

Patrick Roth
Die Nacht
der Zeitlosen

Suhrkamp

© Suhrkamp Verlag Frankfurt am Main 2001
Alle Rechte vorbehalten,
insbesondere das der Übersetzung, des öffentlichen Vortrags
sowie der Übertragung durch Rundfunk und Fernsehen,
auch einzelner Teile.
Kein Teil des Werkes darf in irgendeiner Form
(durch Fotografie, Mikrofilm oder andere Verfahren)
ohne schriftliche Genehmigung des Verlages
reproduziert oder unter Verwendung elektronischer Systeme
verarbeitet, vervielfältigt oder verbreitet werden.
Satz: Hümmer GmbH, Waldbüttelbrunn
Druck: Freiburger Graphische Betriebe, Freiburg
Printed in Germany
Erste Auflage 2001

2   3   4   5   6   –   06   05   04   03   02   01

Die Nacht der Zeitlosen

sundown

> Wenn du siehst, daß deine Materie schwarz wird, freue dich, weil das der Beginn des Werkes ist.
>
> *Alchemistischer Traktat*

Mr. Colman erwacht

Als die Sonne unterging – es war Sonntag, der 16. Januar 94, elf Stunden vor dem verheerenden Erdbeben in Los Angeles –, wurde Talmadge, der sich morgens gleich nach dem Frühstück mit Fieber ins Bett gelegt hatte und eingeschlafen war, noch einmal wach.

Sein letzter Traum hatte ihm Schweiß auf die Stirn getrieben. Er, der doch fliegen konnte, war von mehreren Männern in ein Haus hinein verfolgt worden, aus dem er dann nicht mehr herauskam. Wände traten ihm in den Weg, der Boden lähmte seinen Lauf, die Häscher kamen immer näher. Als er sich vor Angst aus dem Fenster stürzen wollte, sah er unten im Hof vier große Hunde, die anschlagend mit aufgerissenen Mäulern nach ihm schnappten. Er sprang vom Sims zurück ins Zimmer und wandte sich um. Da standen die Verfolger unmittelbar vor ihm – und er war aufgewacht.

Aber ich hätte doch fliegen können, dachte Talmadge. Warum bin ich nicht losgeflogen?

Erst da fiel ihm auf, daß er das Bellen immer noch hörte.

Es klang nicht mehr so bissig. Eher klagend, penetrant. Und Talmadge wußte, woher es kam.

Cody war der Hund seines Nachbarn Ron, der im Apartment auf der anderen Seite des Pools wohnte. Ron vernachlässigte den Hund, seit Chiara bei ihm eingezogen war.

Talmadge fiel auf, daß zwischen dem Bellen des Hundes immer wieder kleine Schreie und Planschen im Schwimmbecken zu hören waren: Ron und Chiara, Feierabend im beleuchteten Pool.

In Gedanken sah Talmadge ihre *wine coolers* rotfeucht am Beckenrand glitzern, sah den Dampf, der vom Wasser aufstieg und in dessen bauschig schwebende Netze sich beide versteckten.

Talmadge wollte die Bilder verdrängen. Besonders Chiara. Ron war Schauspieler in der Nachmittagsseifenoper »Days of Our Lives«, aber Chiara war Wirklichkeit.

Talmadge fröstelte unter der elektrischen Decke. Ihm war eingefallen, daß er in einem anderen Teil seines Traums, noch bevor ihn die Männer ins Haus verfolgten, eine Frau aus dem Wasser gezogen hatte, die Chiara ähnlich sah.

Eine Weile lang war er mit ihr am Ufer gesessen, beide atemlos erschöpft von der Anstrengung. Und glücklich.

Da hörte er ein leises Zischen, unten in Fußnähe, sah hin und bemerkte, daß es ein Rinnsal war, das vom triefenden Kleid der Frau auf ein Häufchen Branntkalk tropfte.

»Wie wunderbar, daß er sich entzündet, wenn man ihn löscht«, hatte Talmadge zu ihr gesagt.

Bald darauf, als die Frau zu frösteln begann,

hatte er sich von ihr entfernt. Warum? Ihm fiel ein, daß er ursprünglich aufgestanden war, ihr ein Handtuch zu besorgen. Dann hatte er sich, beim Handtuchkauf in der Stadt, verzettelt. Und dort begannen auch jene Männer ihre Hetzjagd auf ihn.

Immer mache ich etwas falsch, dachte Talmadge. Einer Frau, die man aus dem Wasser zieht, kauft man eben kein Handtuch.

Talmadge griff zur Fernbedienung und begann in den Kanälen zu wühlen. Er wollte vor dem Wiedereinschlafen noch Nachrichten sehen.

Irgendwas Wirkliches, dachte Talmadge, und preßte den Lautstärkeregler nach oben, um die Töne der sorglos Verliebten im Pool und das Bellen von Rons eifersüchtigem Hund abzudecken.

Auf Kanal 34 aber, »American Movie Classics«, blieb Talmadge verzaubert an einem Vierziger-Jahre-Bild hängen.

Da saß Ronald Colman in einer schwarzweißen Studiolandschaft vorm Teichufer, war eingeschlafen, an eine Ulme gelehnt, die Angelrute lose in Händen, während die Kamera wie auf Zehenspitzen vor ihm zurückwich, immer weiter zurück, auf den spiegelglatt schattenfleckigen Teich hinaus, bis der Kameramann zwei Baumsilhouetten fand, die das Bild von den Rändern her dunkel faßten und unter verschlungener Ästekuppel gleichsam beschützten.

Als Zuschauer saß Talmadge nun am anderen Ufer versteckt und beobachtete.

Stille.

Nur das glutende Knistern der alten Tonspur des Films, das die Landschaft und Talmadge in Erwartung versetzte.

In der Ferne schlug der Hund eines Schäfers an, manchmal war ein Planschen zu hören, das Talmadge springenden Fischen zuschrieb, die außerhalb des Bildausschnitts tauchten.

Talmadge bemerkte, daß sich hinter Colmans Ulme ein kleiner Pfad durch die Landschaft zog. Dort kam jetzt eine junge Frau auf ihrem Fahrrad dahergefahren.

Sie bremste leicht auf der Höhe des Baums, stieg ab und schob das Rad zum Teichrand, wo sie es sacht neben den Schlafenden legte.

Als sie hinkniet, sieht Talmadge: sie ist schön. Heißt Greer Garson. Ihr lockiges Haar glänzt hell in der Sonne.

In Wirklichkeit, dachte Talmadge, war sie ein »Irish redhead«.

Sie kniet neben dem eingeschlafenen Angler, blickt ihn lange an und weckt ihn schließlich mit der Spitze eines weißen Kuverts, das sie aus ihrem Kleid zieht.

Und Colman schüttelt den Traum ab, nur um – das war Talmadge offenbar – in einem noch schöneren zu erwachen: Greer Garson neben ihm.

Colman plaudert mit ihr, öffnet dabei den Brief, überfliegt die Zeilen. Den Inhalt kann er kaum glauben. Staunend liest er ihr vor, daß ein Verleger sein erstes Buch angenommen hat und ihm dafür gleich zwei Guineas Vorauszahlung geben will.

»Mein erstes Buch!« ruft Colman und sieht

an der Frau vorbei in die Zukunft – etwa dorthin, wo Talmadge saß.

Zwei Guineas, dachte Talmadge. Das wären zwei Pfund und zwei Schilling. Zwei Goldstücke. In den Vierzigern, irgendwo auf dem Land, zumal im England-made-in-Hollywood, war das wohl ein kleines Vermögen. Talmadge machte sich Hoffnungen. Nicht nur für Colman, auch für Greer Garson, die Chiara immer ähnlicher sah.

Und jetzt faßt Colman Mut. Mut fürs ganze Leben. Schnell und endlich will er's unter Dach und Fach bringen. Will alles, was noch offen, noch nicht gestanden ist, gestehen, und gesteht ihr, dieser neben ihm knieenden jungen Frau, daß er sich während der letzten Tage und Wochen – die Talmadge, gerade hinzugekommen, leider unwiederruflich versäumt hatte – in sie verliebt habe und sie jetzt als zwei-Guineas-reicher, frischverlegter Schriftsteller heiraten wolle.

Würde sie ja sagen?

Und sie, mit ernsten Augen, nickt und sagt: »Ja.«

Sofort legt sich Colman als ein von allen Träumen freigesprochener Träumer mit langem Seufzer ins Gras, knapp neben den Rock der Zukünftigen.

»Aaaaaaah«, ruft er zufrieden aus, »jetzt habe ich mir um nichts mehr Sorgen zu machen, jetzt ist endlich alles im Leben geregelt!«

Und sie kniet noch immer, völlig perplex, neben Colman, der sich selig im Glück wähnt. Und erinnert ihn schließlich, daß er vergaß ...

»Was vergaß?«

Sie zu küssen!

Talmadge war der Kuß viel zu kurz. Sofort warf sich die Zukunft ins Bild, als läge ihr nur an den Folgen, und der Kuß wurde überblendet.

Neun Monate später. Colman, jetzt Ehemann und Vater eines Sohns, geht bei einem Geschäftsbesuch in der Großstadt Liverpool über eine Verkehrskreuzung und – wird von einem Auto umgefahren.

Als er in der Apotheke, in die man ihn trug, aus der Ohnmacht erwacht, man mit ihm zu reden und Colman zu antworten beginnt, stellt Talmadge mit Entsetzen fest, daß Colman ... – hier fuhr Talmadge zusammen, ihm war, als rucke sein Bett, als habe sein ganzes Zimmer eben gezittert –, daß Colman die letzten drei Jahre seines Lebens, und damit Greer Garson, vollkommen vergessen hatte.

Hier wollte Talmadge unbedingt weitersehen. Sehen, wie's weitergeht. Kein Gedanke mehr an andere Kanäle, an bellende Hunde, notwendige Wirklichkeit.

»Amnesie«. Das hieß Weltuntergang. Aufgang einer neuen vielleicht, dachte Talmadge.

Aber Talmadge vergaß, wie Colman vergißt. Ein Traum rückte vor, am Ungeküßten vorbei. Ein letzter Traum, bevor das Beben alles entzweiriß.

Denn schon sah er sich, kaum hatten sich seine fiebrig müden Augen wieder geschlossen, mit einer *Coleman*-Laterne, wie sie in den Pyramiden-Filmen der Fünfziger Jahre nachts vor den Zelten der Archäologen brannte, ängstlich ins Dunkel hinabtauchen, zögerlich eine Leiter hinabsteigen, durch die Bodenluke jenes Hauses hinab, in das ihn die Männer gejagt hatten.

Sobald sich die Luke über ihm schloß, leckte ein Luftzug am Licht der *Coleman*-Laterne, löschte sie aus. Angststarr klammerte Talmadge sich an die Leiter. Keinen Schritt weiter hinab.

Die Flanken des Schachts erzitterten, dröhnten um ihn, daß es hallte. Die Leiter drohte zu stürzen, je fester er sich an sie zu klammern suchte. Die Sprossen unter ihm brachen, trockneten ein.

Da sah er – in einer Schau von Sekunden, noch während er sich an die Längsstangen klammerte – die bodenlose Verheerung, die allem bevorstand, sah sie im Dunkel des Schachts vor ihm aufleuchten.

Im selben Moment wußte Talmadge: Es ist wegen mir. Alle Zerstörung kommt wegen mir. Die Männer, die mir nachjagten, wollten mich stellen. Damit ich mich nicht mehr entferne. Damit ich stünde. Endlich stehe.

Er sah ins Dunkel hinab.

Vielleicht komme ich unten wieder heraus, dachte Talmadge. Ganz unten. Und finde, ganz unten, ans Ufer zu ihr zurück.

Er ließ die verloschene Lampe fallen, und – mutig, hoffnungsvoll stieß er sich ab.

night

VALENTINA:
Vogliamo leggere qualche pagina insieme?
GIOVANNI:
Sarebbe già un modo per stare più vicini.

Dialog aus Antonionis »La Notte«

Das verräterische Herz

Es muß im Herbst 68 gewesen sein. »The Complete Tales and Poems of Edgar Allen Poe« waren nach sechs Wochen quälender Wartezeit endlich aus England zu meinem Buchhändler in die Kaiserstraße gelangt. Ein Jahr nachdem Schmidt und Wollschläger mit ihren Poe-Übersetzungen, Roger Corman und sein Darsteller Vincent Price mit ihren Verfilmungen und Paul McCartney mit seinem solipsistisch-träumerischen

I'm fixing a hole where the rain gets in
and stops my mind from wandering
where it will go

meine Begeisterung für die englische Sprache auf den ersten Höhepunkt getrieben hatten.

Die wenigen Stunden Schulenglisch befriedigten längst nicht mehr – es wurde Latein und Griechisch gepaukt. Ich sehnte mich nach dem »real thing« und gedachte, mit dem Geld, das man mir zu meinem fünfzehnten Geburtstag geschenkt hatte, einen englischen Privatlehrer anzuheuern. Nur so wäre es mir möglich, Poe im schwarzfaltenen Original zu erschließen, der Maskenmusik seiner Sprache bis in die letzte Kammer zu folgen.

Eines Nachmittags kam ich von der Schule nach Hause – die Anzeige war am Morgen in den »Badischen Neuesten Nachrichten« erschienen –, da teilte mir meine Mutter mit, daß sich schon jemand gemeldet und sie, wie ausgemacht, für morgen eine Probestunde mit ihr vereinbart habe.

»Mit *ihr*?«

Mir wurde erst jetzt bewußt, daß ich fest mit einem Mann gerechnet hatte, im übrigen nicht erstaunt gewesen wäre, wenn er Vincent Price geähnelt und, wie ein lichtscheuer Roderick Usher, nur bei geschlossenen Rolläden hätte unterrichten können.

»Eine junge Engländerin«, meinte meine Mutter. »Spricht kaum deutsch, klingt aber ganz nett.«

Ich war beunruhigt, verwirrt. Denn in den Stories von Poe waren es stets Männer, die erzählten, Männeraugen, die sahen und wortzeichneten, was lilienblaß weiblich, was kleidrauschend kühl den Kreuzgangschatten durchhuschte. Frauen waren bei Poe Objekt der Beschreibung. *Obicere, obicio, obieci, obiectum*: entgegenwerfen. Der Mann warf sich ihnen beschreibend entgegen oder warf *ob* ihrer mit Worten *nach* ihnen. Seine Frauen kränkelten, starben dahin, bis Poes palpitierende Prosa sie übers Zeilen-Schwellchen hinab ins Grab sinken ließ. Von dort flogen sie engelgleich in die Hirnkammern des Helden, *to haunt him*, heimsuchende Erinnerinnen: Denn wie aufblühend schön, aber wie bald schon erinnert, wie gruftträchtig *really*, hatten sie auf Erden gelebt.

Als ich auf dem Notizblock neben dem Telefon den Namen der Anruferin las, war ich allerdings entzückt, war ich sprachlos. Es war für mich damals – heutzutage würde kein Fünfzehnjähriger mehr so reagieren – es war für mich damals, als ich die fremdklingende Buchstabenreihe entziffert und zum ersten Mal ausgesprochen hatte, grundsätzlich erschütternd festzustellen, daß es sie wirklich gab, diese Engländerinnen, die vielbesungenen, sie Wirklichkeit waren. Denn hier hatte ja eine angerufen, sich morgen mit mir zu treffen, mich in ihrer Sprache zu unterrichten, mit der sie aufgewachsen, ohne die sie nie gewesen war, die sie immer im Kopf gehabt hatte, in der sie ohne weiteres, ohne konstruieren oder im Vokabelbuch nachsehen zu müssen: denken, schreiben, sprechen und träumen konnte. All das würde morgen Wirklichkeit werden, war es jetzt schon, denn hier: *hier* hatte sie ihren Namen hinterlassen, einen Namen, so herrlich exotisch, daß ich ihn noch abends viele Male vor dem Spiegel im Bad aussprach. Nicht nur um ein erstes Ansprechen zu üben – ich wollte sie gleich englisch anreden –, vielmehr um zu prüfen, ob er ein Bild hervorriefe, *ihr* Bild vielleicht:

»Hello, are you …?«

Wie gesagt, man wird heute kaum mehr nachempfinden können, wie ungeheuer der Name von mir Besitz ergriff, kaum hatte ich ihn im Spiegel ausgesprochen …

»… are you *Gladys Templeton*?«

Und sie würde antworten: »Well… yes, indeed. I'm Gladys Templeton.«

Und ich: »Oh, how wonderful, Gladys Templeton. What a great name!«

Und sie: »Oh, thank you.«

Und ich: »Mother, this is Gladys Templeton. Father, this is Gladys Templeton. She is my English tutor. Gladys Templeton is from England, she is English!«

»Just call me Gladys«, würde sie sagen. »Now shall we?«

Und ich: »Shall we what, Gladys?«

Sie: »Shall we go to your room and start your lesson?«

Ich: »Naturally, Gladys. Here along ...«

Wenn sich bei solcher Namensfeier im Spiegel Fehler einschlichen – wie eben, als »hier entlang« mit »here along« übersetzt wurde –, dann war es die Präsenz ihres Namens, »Gladys Templeton«, die dafür sorgte, daß diese Fehler nicht unentdeckt blieben. Als stimmte die Nennung des Namens alles englisch und jeder deutsche Mißton fiele sofort auf.

Aber ihr eigenes Bild trat nicht aus dem Spiegel hervor. Erst als ich vor dem Schlafengehen noch mein Zimmer aufräumte, mir zu überlegen begann, wo wir morgen sitzen würden, wie das Poe-Buch am besten zwischen uns zu plazieren wäre, so daß ich sehen könnte, was sie liest, *während* sie es liest, und nicht ohne Freude einsah, daß wir, da ich Poes Werke nur *einmal* besaß, wahrscheinlich nebeneinander sitzen müßten, Gladys Templeton und ich, erst da also und unter solche Überlegungen gemischt, gesellten sich leise und vielzählig Bilder und Bedeutungen ihrem Namenpaar zu, schufen ihm jenen Unterbau traumhafter Logik, der sichtbar macht, was noch unsichtbar ist.

Gladys erinnerte mich nicht nur an »glad«: glücklich und behäbig-froh. Auch Gewalt war im Spiel: »gladius« war das Schwert der Gladiatoren, die Waffe der Todgeweihten, mit der sie im Kampf gegen ihresgleichen oder gegen wilde Tiere – *bestiae, bestiarum, femininum* – zu überleben oder zu sterben hatten. Und *Templeton* erinnerte natürlich an Tempel – »Tempel« vom griechischen »temno«: ich schneide, ich zirkele aus: den Bezirk nämlich, den heiligen Bezirk, das »temenos«, lateinisch: »templum«.

Auch ein Kinobesuch war jetzt mitbeschworen. Wenige Wochen zuvor hatte ich Nicholas Rays »König der Könige« gesehen. Da sprengte, 63 vor Christus, gleich zu Anfang des Films, Pompeius hoch zu Roß die Stufen des jüdischen Tempels empor.

»Nach monatelanger Belagerung«, so raunte Orson Welles' deutsche Synchronstimme den Zuschauern zu, »war Jerusalem gefallen. Die Hufe des Feldherrnpferdes hallten im Vorhof der Priester. Wo kein Heide je gestanden hatte, steigt Pompeius vom Pferd und schreitet die letzten Stufen hinauf – Reichtümer und unglaubliche Schätze erwartend, das für Jehova gehortete Gold.«

Aus der ersten Reihe, so nah an der Leinwand sitzend, daß meine Augen umfangen waren, sah ich Pompeius zum Allerheiligsten dringen.

Vor diesem Letzten aber, einem rötlich schimmernden Raum, spannt sich ein Netz. Pompeius preßt mit der Hand ans Gewebe, betastet die blasse Gaze. Er zieht sein Schwert, macht den Stich mit der Spitze, streicht abwärts und steigt durch den Schlitz in die Netzhaut nach innen.

Aber er sieht nicht, was er erwartet hatte. Nirgendwo glänzen Berge von Gold, nirgendwo gottgeweiht prunkender Reichtum. Ein wertloser Steinblock steht da. Eine Schriftrolle darauf. Sonst ist der Raum leer.

Beutelos verläßt Pompeius den Tempel der Juden, versteht nicht, was zu verteidigen Tausende hier ihr Leben gelassen hatten.

Gladys Templeton. Das Durchkosten ihres Namens hatte nun selbst ein Netz entstehen lassen, das feinneblig in meinem Zimmer hing, wie ein Zelt über der Begegnung mit der Englischen schwebte. Auch der Unterton jener Szene klang nach, als der Römer ins Heilige stach, und rötete die Erwartungsnebel ein.

Die Sitzkonstellation, für die ich mich beim Aufräumen des Zimmers entschied, war ebenfalls vom Film beeinflußt. Ich leerte den Raum bis aufs Notwendigste. Dann trug ich einen kleinen runden Tisch hinein und rückte ihn in die freie Mitte. Auf seine Oberfläche plazierte ich das »eine Buch«.

Wie die Stunden bis zum nächsten Nachmittag vergingen, weiß ich nicht mehr. Auch an das Türeöffnen, das erste sie Sehen, die ersten

Worte, die gewechselt wurden, ist keine Erinnerung mehr vorhanden. Es war – und ist mir jetzt noch –, als sei ich erst erwacht, als Gladys Templeton bereits neben mir saß, zu meiner Linken, an jenem kleinen Tisch im Mittelpunkt des Zimmers, das Buch vor uns aufschlagend.

Ich stellte fest, daß die junge Frau von Poe zwar gehört, ihn aber nie gelesen hatte. Statt enttäuscht zu sein und Gladys als eine, die mir Poe demnach kaum näherbringen könnte, sofort zu verabschieden, war ich herausgefordert. Die halbe Lehrerrolle, die mir – ein rötliches Bild schien auf – »durch ihre Bildungslücke in den Schoß« gefallen war, minderte auch die Bedeutung des Altersunterschieds. Wie ein Zauberer würde ich die um zehn Jahre ältere Frau ins unentdeckte Land eines Autors führen, dessen Welt, schätzte ich, Zeile für Zeile, *thrillingly* unvertraut, eine Geisterbahnfahrt für sie werden müßte.

Ich wählte, um sie gleich von der ersten Unterrichtsstunde zu begeistern und auf gar keinen Fall zu langweilen, eine der kürzeren und unheimlichsten Stories, »The Tell-Tale Heart«: »Das Verräterische Herz«. Und vielleicht war es erst hier, als ich mit der Hand, meiner rechten, etwas unbeholfen durch die Seiten zum Story-Anfang blätterte, den so erzeugten kleinen Windhauch mitbeoachtend, der sich in den Falten ihres langen durchsichtigen Seidenhalstuchs verfing, daß mir die leuchtende Blässe ihrer Haut, erst an Hals und Nacken, dann längs des Schlüsselbeins, das die Bluse frei ließ, besonders auffiel. Den Eindruck vom Leuchten der Haut verstärkten nicht nur die dunklen Augen – Augen, die, vom Fensterlicht geblendet, zu mir hin auswichen und meine Seitenblicke so öfter kreuzten –, nicht nur das schwarze schulterlange, vom dunklen Reif gehaltene Haar, sondern: die Stimme. Ihre Stimme. Seltsamer, fremder, wunderbarer, als ich sie mir hätte vorstellen können, war diese Stimme.

Was sie wirklich bedeutete, kann ich heute nicht mehr sagen. Vielleicht war es die Stimme einer einfachen jungen Frau, die den Slang einer rußüberschneiten englischen Stadt sprach. Jedenfalls hatte ich noch niemanden so englisch sprechen hören. Vielleicht war ihr Zögern beim Lesen – sie las, mit dem Zeigefinger die Augen führend – ein ängstliches Lesen. Vielleicht war sie unsicher, wie manche von Poes Worten auszusprechen wären. Ich jedenfalls hatte keine Zweifel, daß Gladys Templeton so vollkommen las, wie nur die Geliebten Poes, die auferstandenen Ligeia, Berenice und Ulalume selbst hätten lesen können. Ihre Angst – wenn es Angst war – schien mir Ehrfurcht vor dem Wort und Wortgeschehen, das Poe da geschichtenerzählend erschuf. Ihr zeilenzeichnender blasser Finger mit den leise geröteten feingeschliffenen Knöcheln sollte ihrem Mitleser nur freundliche Hilfe sein.

Später, je länger ich zusah, schien mir ihr Finger auf ein Geheimnis von Schrift überhaupt hinzudeuten. Ich hatte den Eindruck, als sei es ihr streifend-verweilendes Berühren der Lettern, das für die Stimme verantwortlich war.

Als sauge die Fingerspitze Ton aus dem Buchstabenbild, unsichtbar feinen Staub aus der stummen Buchstabengruppe, als erhebe sich das so Eingesammelte dann längs der Venen der Hand, kehlwärts hinauf, bis es, über die Zunge hinstreichend, von ihrer Stimme geformt, lebendig dem Raum sich mitteilte, Sinn überm Zeichen jetzt, das sonst tot auf der Seite lag.

Aus dieser Stimme erst, schien mir, wurde alles lebendig. Auch ihr Körper, den ich erinnernd immer nur in Details erfasse, aus nächster Nähe, so als hätte ich erst während des Neben-ihr-Sitzens die Augen aufgeschlagen, sie vor mir stehend, in ganzer Größe, nie anzusehen gewagt, auch ihr Körper mußte einst so entstanden sein. Er duftete nach einem fremden Parfum, das ihn wie eine zweite Stimme umgab, an ihren hellen Schultern flüsternd zerstob, sobald sie sich mir zuwandte.

Manchmal, wenn ich beim Nachlesen, beim Aufs-Wort-Zeigen, an Gladys stieß, gaben ihr Arm, ihre Schulter nicht nach, als hielten sie mich gerne aus. Aber die Wärme ihres Körpers, die im ersten Moment der Berührung noch spürbar war, *die* wich sofort. Wie ein Lebendiges, das ich antastend verscheucht hatte.

Fingerzeigend also, uns Wortdunkel für Wortdunkel vorwärtstastend, stiegen wir durchs Poe'sche Satznetz ins Hirn eines Verrückten, der – um den Anfang der Story kurz zu skizzieren – von folgendem »wahren Ereignis« erzählt: Wie er Nacht für Nacht seinen Kopf – langsam, geduldig, präzis – durch die Tür ins Schlafzimmer eines unschuldigen alten Mannes schob; wie er, angezogen und angewidert vom *vulture eye*, dem »Geierauge« des Greisen, so abscheulich erregt wurde, daß er nächtelang nur auf den einen Moment wartete, da er den Alten ermorden könnte.

Und die Erregung dieses wahnsinnigen Mannes, der »The Tell-Tale Heart« erzählte, dessen Stimme aber jetzt aus dem Mund einer Frau, sanft und zögernd behutsam, in die Welt trat, übertrug sich auf uns. So schien es mir wenigstens. Vielleicht war Gladys' Erregung –

ich sah feinste Schweißperlen auf ihrer Stirn und über den Lippen – nur Beschämung und Scheu. Vielleicht wußte sie nur noch nicht, daß sie bei mir nichts falsch machen konnte. Worte wie *mad* – verrückt, *candle* – Kerze, oder *hand* – Hand, wurden in ihrem Mund umgegossen, aufgebrochen von ihrer Zunge, daß sie schutzlos ausgestoßen und nackt klangen. Sie prononcierte eben nicht »mäd«, »cändl«, »händ«, sondern verlängerte – bis es lang und lilienblaß und todgeweiht dastand – das hellklare »a« jener Worte: »maahd«, »caahndl«, »haahnd«.

Gladys Templetons »maahd« war rasend, völlig hoffnungslos ins Irrsein verrannt, in eine Region hineinverbannt, in die sich keiner, kein Arzt, kein Analytiker, kein Heiland, mehr wagen würde. »Maahd« war ein stiller, langgezogener Schrei, von dunkelster Traurigkeit gedämpft. Und »caahndl« die blasseste Kerze, die lichtscheu ihr wächsernes Licht versprüht, im Halbdunkel hinblakend, zwischen den Worten versiegend, wie die Stimme meiner Vorleserin selbst.

Am Ende jedes Abschnitts durfte ich nachlesen, den Spuren ihrer Stimme folgen. Ich wollte sprechen wie sie. Ich wollte aber auch – durchaus bewußt – mit diesen Sätzen *zu* ihr sprechen.

Wie sie mit ihrem gleitenden Lesefinger mich nach sich gezogen, ins Dunkel des Mordplans jenes Wahnsinnigen geführt hatte, so wollte ich, wenn ich an die Reihe kam, sie hinter *mir* herziehen, ihr ins Dunkel vorausgehen, die Tat zu entwerfen.

Und immer wieder war das Nach-ihr-zur-Seite-Sehen weniger ein Vergewissern, ob ich's richtig ausgesprochen hätte, als vielmehr ein Blick, der sagen sollte: »Folgst du mir auch? Sprech ich mit deiner Stimme, vertraut wie ein Längst-Vertrauter?«

Denn das hieß mir »richtig sprechen«: ihr in die vom Gesetz ihrer Aussprache verlebendigte Unterwelt abwechselnd nachfolgen und vorausgehen zu können – in eine Richtung, die Poes Geschichte immer stärker, immer eindringlicher beschwor. Ja, es war das Zimmer einer gemeinsamen Tat, in das wir einzugehen suchten. Das Zimmer einer sehnsuchtsvoll erwarteten Tat, in das wir uns lesend, fingerzeigend, Schulter an Schulter einschließen wollten.

Im dritten Abschnitt der Story, den ich mehrere Male wiederholte, schien Gladys an einer Stelle immer unruhig zu werden. Ungeduldig. Unwirsch fast. Ich schwöre, ich wußte nicht, warum. Ich hatte beim Nachlesen eine Stelle erreicht, da der Verrückte in aller Ruhe beschreibt, wie er, um das blaßblaue und mit einem Häutchen überzogene Geierauge des Alten recht zu beobachten, seinen Kopf langsam durch den Türspalt steckte, und las also:

... and then I thrust in my head

– »drang ich mit meinem Kopf hinein«. Im Hintergrund erschien mir kurz, aber deutlich Pompeius' Schwert: die rötlich schimmernde Gaze durchstoßend.

Oh, you would have laughed to see how cunningly

– »wie raffiniert!« ...

I thrust it in!

– »ich ihn reinsteckte!«. Seitenblick auf Gladys: Habe ich's richtig verbunden? Die letzten drei Worte nämlich wie ein einziges gesprochen?

Thrustitin?

Sie senkte ihre Augen, nickte. Ich fuhr langsam mit dem Finger unter die nächsten vier Worte:

I moved it slowly ...

– »ich bewegte ihn langsam« ... Weiter mit dem Finger:

very, very slowly ...

– »sehr, sehr langsam« ... Völlige Stille. Seitenblick: Atmete Gladys noch?

Nein, nicht mehr. Ihre Finger waren ins Seidentuch verkrallt. Sicher war sie gespannt, ob ich den nächsten Satzteil fehlerfrei aussprechen würde:

so that I might not disturb the old man's sleep.

– »Um den alten Mann nicht im Schlaf zu stören.«

Sie atmete auf.

Kurz vor dem Mord verließ ihr Finger die Seite. Leider müsse sie für heute abbrechen. Wir hätten ja bereits über die Stunde hinaus gelesen.

»But ... do you like this story?« fragte ich sie.

»Oh, yes, I enjoyed it very much«, sagte sie und lächelte mich an. Wir könnten ja, wenn ich mit ihr zufrieden sei, in ein paar Tagen weitermachen.

»Oh, yes, very much.«

Wieder sah ich sie lächeln, während sie mit ihrem Bleistift das Ende des letzten Satzes markierte. Ein winziger Strich, der mir beweist, daß all das einmal Wirklichkeit war, und noch heute auf Seite dreihundertvier meines Buches zu finden ist.

Ich begleitete sie zur Haustür, half ihr in den Mantel und fragte, ob sie für eine nächste Stunde schon morgen Zeit hätte. Sie nickte langsam, als wolle sie noch nicht gehen, die zweite Stunde vielleicht doch gleich anschließen ...

Da wurde ihr plötzlich schwindlig.

Ich hatte die Türe geöffnet. Gladys zögerte im Schritt und hielt sich am Griff fest.

Sie muß meinen Blick gespürt haben, wandte ihr Gesicht ab und schloß mit der freien Hand rasch die Reihe der Mantelknöpfe. Dann hörte ich ihre Stimme scheu etwas sagen, das ich mir erst übersetzen mußte: »Ob ich sie nicht vergessen würde?« So klang es. Ich sah ihre Augen: feucht, als hielte sie Tränen zurück.

Sie weiß es also schon, dachte ich. Weiß, wie ich für sie empfinde. Nein, wirklich, nie würde ich sie vergessen. Aber warum fürchtete sie, von mir vergessen zu werden? Wir hatten doch kaum begonnen. Stand ihr etwas bevor, das uns trennen würde?

Erst da, als ich mir ihre Frage wiederholte, schon errötend, klang es eher nach: »Ob ich nicht etwas vergessen hätte?«

Ihr Geld! Mein Gott, ihr Geld ... natürlich! Mit hochrotem Kopf griff ich in meine Jeans, zupfte Münze und Schein, längst abgezählt, aus der engen Tasche. Plötzlich war mir bewußt, daß ich sie bezahlte. Daß sie nur deshalb beim Abschied gezögert hatte.

Sie ging die Treppe hinab und sah sich dann nochmals um. Ich erinnere den Schwung ihres schwarzen Haars, ihr Gesicht, das mich plötzlich wiedersah, ganz offensichtlich nachgedacht hatte und jetzt froh war, daß ich die Türe noch nicht geschlossen, daß ich ihr nachgesehen hatte. Sie stieg ein paar Stufen zurück, lehnte sich ans Geländer. Ihre Hand spielte am Halstuch.

Ob ich nicht Lust hätte, morgen um drei zu *ihr* zu kommen ... Das wäre besser für sie.

»Any time at all«, sagte ich.

Sie nickte langsam, hob auch die Hand, als wolle sie grüßen, und stieg dann wieder hinab.

»Any time at all«: ich hatte es wie den Titel des Beatles-Songs ausgesprochen, den Lennon singt, überglücklich, brachial zuversichtlich, mit dem ineinsgesprochenen *at all* alles plattschlagend, was ihm und mir an Zweifeln überhaupt in den Weg kommen konnte.

Ich ahnte, aber wagte nicht, laut und klar im Kopf auszusprechen, warum diese Stunde bei ihr stattfinden sollte. Engelgleich, wie bei Poe, flog ihr Geist durch meine Hirnkammern und sollte nicht hören, nicht sehen, was an rötlichem Bild-Geflüster hinter der Schwelle zur letzten Kammer schon wartete.

Ich fragte mich, ob sie mich mochte, ob die Einladung, zu ihr nach Hause zu kommen, nicht schon Antwort sei, und schlich mich den Gang zu meinem Zimmer zurück, froh, daß mir niemand begegnete.

Ich erschrak, als ich eintrat.

Äußerlich hatte sich nichts verändert: Tisch und Buch waren unverrückt. Aber der Geruch unserer Körper umgab mich jetzt ganz. Es roch, als hätten wir uns stundenlang umschlungen gehalten, als hätten wir miteinander gerungen, langsam und traumhaft zäh. Es roch nach schweißiger Angst und Scham, nach scharfgeschiedener Nähe. Es duftete nach angebranntem Glück: nah sein zu dürfen, aber nicht näher, viel gelernt zu haben, aber nicht alles.

In jener Nacht schlief ich bei geschlossenem Fenster, zog auch, bevor ich am Morgen zur Schule ging, den Zimmerschlüssel ab. Ich hatte unruhig geträumt, immer wieder unterbrochen von Sorgen über Gefühle, die nie klar zu fassen waren. Manchmal tauchte ihr Bild auf, so ernst und tiefvertraut und bittend, als hätte sie's mit ihrem Lesefinger aus mir selbst gesogen, als hätte ihr Bild lange stumm in mir gelegen, tot wie die ungelesenen Zeichen. Und die Hand, die sie mir hinhielt, schien im Traum greifbar nah.

Was ich erwartete, war schwer zu sagen. Aber ein Hauch von Pompeius und rötlich schimmernden Zimmern war durchaus vorhanden, als ich am folgenden Nachmittag in strömendem Regen nach ihrer Hausnummer suchte, hinter der Toreinfahrt eines umzäunten Trümmergrundstücks, schließlich den richtigen Hinterhof fand und die krummen Stufen des Altbaus zum fünften Stock emporstieg. Nicht als Eroberer, aber ungeahnte, im letzten Raum wartende Schätze erhoffend. Kein Gold, Offenbarung vielleicht. Worte, zu denen wir fänden – noch während des Lesens –, einander alles zu sagen. Wer es dem andern als erster gestünde, wußte ich nicht. In meiner Fantasie war sie es, die sprach. Aufgefordert zu antworten, würde mir alle Scheu genommen: durch einen Wink ihrer Augen, eine Bewegung ihres Körpers. An der Hand ihrer Stimme würde ich ins letzte Zimmer geführt, umschlungen von ihr, lebendig gemacht.

Die Poe-Geschichte, in der wir weiterlesen würden, war zweitrangig geworden. Wir selbst waren jetzt die Geschichte, Gladys Templeton und ich. Das erregte Planen und Sinnen des Poe-Erzählers, seine Absicht, sich auf den Alten zu stürzen, ihn zu ermorden – diese Anspannung bei höchstem Risiko, dieses Sinnen auf plötzliche Entladung –, hatte durchaus Ähnlichkeit mit dem Zustand, in dem

Gladys und ich uns befanden. Aber mit dem Rest der Geschichte hatten wir nichts mehr zu tun. Es würde in dieser kommenden Stunde nicht mehr um die Worte Poes, Worte auf dem Papier gehen – nur noch scheinbar. Uns würde vielmehr bewußt, so stellte ich mir vor, was es bedeutete, daß ich ihr jedes Wort vom Munde ablas, ablesen durfte und wollte. Daß jeder von ihr gesprochene Satz Schlüssel war, Nachschlüssel zurück zu ihr, durch die Welt Poes: *ihre* Welt mir zu öffnen.

Daß Poes Erzähler die Leiche nach dem Mord zerstückelt, daß er sie unter den Dielen des Fußbodens versteckt, daß er die Polizisten, die auf Hinweise aus der Nachbarschaft in sein Haus kommen, durch alle Zimmer führt, jeden Verdacht, der bestehen mochte, so im Keim erstickend; daß er mit ihnen plauschend über den Brettern zu stehen kommt, unter denen die Leiche liegt, daß er es klopfen hört, das Herz, das vergrabene Herz plötzlich lauter und lauter klopfen hört, bis es jeder, scheint ihm, jeder hören muß und er verzweifelt herausbrüllt, daß *er* es war, er, der Mörder – all das schien, obwohl mein Herz mächtig schlug, als ich den letzten Treppenabsatz erreichte, nicht mehr uns zu betreffen.

Es roch nach Pfannkuchen und Marmelade. Ich wartete vor ihrer Tür, um Atem zu holen.

Da hörte ich – das Geräusch kam von unten – jemanden, der ebenso außer Atem schien und mir gefolgt sein mußte.

Vorsichtig sah ich durch die Geländerstäbe hinab. Ein Stockwerk tiefer saß ein kleines Mädchen auf einem roten Ball. Sie versuchte, noch atemlos, sich die Gummistiefel vom Fuß zu ziehen. Aus einer offenen Türe rief ein zweites Kind:

»Es fängt an!«

Ich trat vom Geländer zurück und klingelte bei Gladys. Da bemerkte ich, daß »Templeton« nur der erste Teil eines Doppelnamens war. Auf dem Schild hieß es:

TEMPLETON – HARVEY

»Harvey«, wie der unsichtbare Hase, der

Jimmy Stewart in »Mein Freund Harvey« begleitet hatte und den niemand außer Stewart selbst sehen konnte.

Gladys öffnete die Tür.

Wir blickten uns an, dann brach sie den Augenkontakt, so schien es, aus Scheu. Ich trat ein und blieb in der Diele stehen, ohne mich umzudrehen. Hinter mir hörte ich sie die Türe abschließen. Dann ihre Stimme:

»Oh, you're totally wet.«

Sie klang besorgt, auch ein wenig amüsiert – so als würden wir noch viel Spaß mit meinen nassen Haaren haben. Plötzlich trat sie von hinten an mich heran, warf mir ein weißes Handtuch über den Kopf und streifte dann lachend an meiner Schulter vorbei, um sich vor mich zu stellen, mir beim Haaretrocknen zuzusehen.

Ich tat nichts, oder muß meine Arme wie in Zeitlupe bewegt haben. Unterm Rand des Handtuchs sah ich kurz ihre Hüften. Sie kam näher und griff nach dem Frottee. Aber Gladys zog es mir nicht vom Kopf. Ich fühlte ihre Hände durchs Tuch hin an mein Haar rühren, ihre Finger sich spreizen, um den Halt zu vergrößern, fühlte, wie die Finger in meine Kopfhaut preßten, zu kreisen, zu massieren begannen, nur um – schon Augenblicke später – unwirsch abzulassen.

Sie trat ein paar Schritte zurück.

»You do it.«

Ungeduldig klang das, unvereinbar mit den letzten Sekunden, die schieres ungeschiedenes Glück gewesen waren: Momentelang unter ihrem Tuch im Helldunkel verschwunden zu sein, zwischen den wechselnden Buchten des Tuchs: Hüfte, Arm, Bluse, Hals und Gesicht aufscheinen zu sehen, dabei jede Sichtsekunde den sanften Druck jener Fingerspitzen zu spüren, die hier und dort fester preßten, unberechenbar fremd das Glück verteilten.

Gehorsam, aber unbeholfen beugte ich mich jetzt nach vorn und begann, mir die Haare selbst zu frottieren. Unterm Tuch sah ich Gladys wegtreten, hörte, wie sie die Tür ins nächste Zimmer öffnete, um dann, so schien es, bis ich fertig wäre, bei der Schwelle zu warten. Es war das leise Knarren der Holztür, das mich warnte.

Noch unterm Tuch sah ich auf, sah zwischen den Falten hindurch, die immer wieder kurz die Sicht aufs nächste Zimmer freigaben.

Ich sah einen Mann beim Küchenherd sitzen, die Beine lässig übereinandergeschlagen, einen Teller auf dem Schoß. Er stach mit der Gabel in Pfannkuchenreste und grinste kauend zu Gladys hinüber.

Einmal zu mir her.

Ich wußte, warum sie mich zu sich gebeten hatte. *Ihn* sollte ich sehen. Er war ihr Geständnis.

Unterm Handtuch schoß mir das Blut in den Kopf, während die Hände, kalt, nach außen hin noch so taten, als sei nichts geschehen. Es war während der letzten Sekunden unter der Deckung, als es mir unerwartet tröstend vorkam, wenigstens den eigenen Kopf wieder in Händen zu haben. Ich wollte mir nichts anmerken lassen, gab Gladys das Handtuch zurück und folgte ihr ins Zimmer.

Meine Erinnerung gibt die folgenden Minuten nicht mehr preis. Sie müssen, trotz aller guten Vorsätze, so peinlich und demütigend verlaufen sein, daß ich sie gleich begrub.

Und wieder wachte ich erst auf, als ich am Tisch saß.

Ein Küchentisch am Fenster.

Gladys lehnte in einem Stuhl am anderen Ende und blätterte in einem abgegriffenen Paperback mit blutrünstigem Cover. Harvey habe ihr gestern die »Classic Tales of Terror«-Sammlung zu lesen gegeben, die auch Poes »Verräterisches Herz« enthalte.

Sie fragte mich, wie weit wir das letzte Mal gekommen seien.

Mein Finger lag auf dem Strich, mit dem sie die Stelle in meinem Buch markiert hatte. Ich gab keine Antwort.

Ob er den Alten schon umgebracht hätte?

Nein, das geschähe erst jetzt, in den nächsten Zeilen, sagte ich.

Ich steckte meine Augen ins Buch und hörte Gladys' Stimme weiterlesen.

Während der Beschreibung des Mordes stand Harvey auf, schlurfte zum Mülleimer und kratzte Essensreste vom Teller, den er dann klappernd ins Spülbecken stellte.

Ich sah irritiert zu ihm hin. Das Herz des von Poe beschriebenen Alten hatte gerade aufgehört zu schlagen.

»Leßt euk nik störn«, sagte Harvey und wusch sich die Hände.

Als es an mir war, die Passage von Mord und Zerstückelung nachzusprechen, hörte ich Harvey ruhelos die Zeitung durchblättern. Nur manchmal schien es, als pausiere er, sich an meiner Lage zu weiden. Ich befahl meiner Einbildung, Harvey als Alten ins Spiel zu bringen. So könnte ich wenigstens lesend Rache an ihm nehmen. Aber die Imagination spielte nicht mit. Ihr war nur zu klar, was in diesen Minuten ermordet, versteckt und verleugnet wurde. Und ich zitterte, als ich die Sätze las und konnte Gladys, auch als ich ans Ende des Abschnitts gelangte, nicht in die Augen sehen.

Oder wußte sie gar nicht, was ich hier durchlitt? War es möglich, daß wir, da wir jetzt getrennt saßen, auch alles getrennt erlebten? War ich völlig allein, als ich Satz für Satz meine Sehnsucht begrub, alle Hoffnung in mir erstickte, die Demütigung fest leugnend, wie der Mörder bei Poe: als sei die Tat nie geschehen, als hätte das Herz keine Spur hinterlassen?

Solche Unsicherheit quälte mich und ließ mich langsam und nun erst wirklich erwachen.

Da verließ Harvey das Zimmer. Ich hatte nicht mehr damit gerechnet. Er ging hinaus in die Diele. Ich hörte, wie er sich am Kleiderständer zu schaffen machte, die Haustüre öffnete und hinter sich ins Schloß fallen ließ. Der Hall seiner Schritte im Treppenhaus war bald nicht mehr zu hören.

Gladys las gerade von der Hausdurchsuchung der Polizisten. Vom Herz des Toten, das der Mörder, der sich noch eben in Sicherheit gewiegt hatte, schlagen hört, immer lauter und lauter schlagen hört.

Sollte ich ihr – jetzt wäre der Moment gekommen – nicht doch gestehen, was in mir vorging? Gestehen, daß ...

»Your turn«, sagte sie. Ich solle jetzt bis zum Ende nachlesen.

Ich sah ihr kurz in die Augen. Sie litt. Wie im Fieber. Sie litt mich nur noch, so glaubte ich in diesen Augen zu lesen. Die Geschichte war furchtbar, und es war furchtbar, mit mir alleine zu sein.

Ja, es war furchtbar, daß ich sie so mochte und nichts zu gestehen wagte.

Ich wartete über den Zeilen. Wartete auf den Mut. Aber mir kamen die Worte nicht, mit denen ich sie ansprechen wollte.

»Go on,« sagte sie ungeduldig.

Ich begann, die letzte Passage der Story zu lesen. Da geschah etwas Unerwartetes: Ich hörte sie gähnen. Es war das Gähnen einer nachmittagsmüden Person, die weder diese Geschichte, noch die Geschichte, in der ich mich mit ihr verbunden glaubte, im geringsten berührte.

Ich war allein. Und hörte meiner eigenen Stimme zu. Einer Stimme, die, von ihr abgewiesen, sich nicht mehr anzugleichen suchte.

Ich fühlte Poes Sätze, Satztakte, schneller und schneller werden, las gegen den Sturm der Gedanken verlangsamend-abwehrend an, drängte mich zwischen die Herzschläge, um nicht erschlagen zu werden. Mit jedem Atemzug wurde mir klarer, daß hier einer Wahrheit sagt. Keine Geschichte erzählt. Daß diese Wahrheit zu erkennen, Herzschlag für Herzschlag, so demütigend, so quälend würde, wie das Geständnis, mit dem Poes Mörder hier rang. Daß es *mein* Herz war, das hier schlug. Lauter und lauter schlug. Es war mein Herz, von dem hier die Rede war. In mir vergraben, unangesehen, verleugnet. Die junge Frau, die dort drüben saß, mir halb zuhörend, halb in den Regen hinausblickend, nachmittagsmüde, ein Gähnen auf den Lippen, hatte nichts damit zu tun.

I admit the deed! – tear up the planks! – here, here! – it is the beating of my hideous heart!

… las ich die letzten Worte der Geschichte: »Ich will die Tat gestehen! – hier, reißt die Bohlen auf! – hier schlägt's! – hier schlägt mein fürchterliches Herz!«

Dann sah ich auf.

Ihr Finger hatte kurz vor dem Zeilenrand gehalten. Sie hatte Tränen in den Augen.

»Excuse me …«

Sie stand auf, aber ging nicht weiter. Als sei ihr schwindlig, stützte sie sich mit der Hand an der Tischkante auf. Dann lächelte sie mich an und setzte sich langsam wieder. Sie wischte sich Schweiß von der Stirn.

Ich fragte, was mit ihr los sei.

Sie fuhr mit dem bleichen Finger unter die letzten Worte, die ich gelesen hatte und meinte, hier stünde doch: »*his* hideous heart«: »*sein* fürchterliches Herz«. Nicht: »my hideous heart«, wie ich gelesen hatte. Der Mörder habe das Schlagen des Herzens eben *nicht* als sein eigenes erkannt. Insofern sei er wirklich verrückt: »maahd«. Wir lebten in getrennten Welten, meinte sie, wer wisse schon, was wirklich sei. Und da liege doch der Sinn der Geschichte, nicht?

»That's the whole point, isn't it?«

Ich schwieg.

Sie sah mich an und fragte nochmals:

»Isn't it?«

Ich wich ihren Augen nicht aus.

Da stand sie wieder auf und ging einige Schritte weit, hielt.

»I'll be right back«, sagte sie und hob die Hand, als wolle sie mir winken, aber sei zu schwach, zu scheu, deutlicher zu werden.

Dann verschwand sie im Gang, der, so vermutete ich, zu den anderen Zimmern führte.

Ihre Schritte verklangen. Eine Tür wurde aufgestoßen. Als sei sie wütend, enttäuscht. Über mich, über sich. Oder einfach ungeduldig. Ungeduldig mit mir, daß ich nichts verstand. Ihre Zeichen nicht zu lesen wußte.

Will sie, daß ich ihr nachkomme?, fragte ich mich.

Hatte ich das mit Harvey falsch verstanden? Völlig falsch? Vielleicht war er nur ein Bekannter, sie hatte ihn mir ja nicht einmal vorgestellt. Oder doch? Ich hatte nicht hingehört. So wie ich auch eben nicht hingesehen hatte, als sie das Zimmer verließ. Nicht genau verstanden hatte, wozu sie mir Zeichen gab. Aus ihrer Sicht sähe es aus, als hätte ich kein Zutrauen zu ihr. Als würde ich sie, die Fremde, schnell wieder vergessen. Aber so war es nicht.

Und trotzdem zog ich, in Erinnerung an den Moment nach der ersten Stunde, als sie mich gefragt hatte, ob ich nicht etwas vergessen hätte, mein Geld aus der Tasche und legte die Scheine auf den Küchentisch. Diesmal würde sie mir wechseln müssen.

Aber wartete ich *darauf*?

In der Wohnung war es still, still unterm Regen. Nur mein Herz schlug mit jeder Sekunde lauter und lauter.

Ich stand auf und ging unruhig durchs Zimmer. Dann langsamer, ich zwang mich dazu. Denn jeder Schritt auf dem Holzboden war zu hören. Sie würde mich hören, sie wüßte, daß ich mich nähere. Sie *sollte* es wissen.

Ich ging bis zum Anfang des unbeleuchteten Gangs, sah hinab.

Die Badezimmertür zur linken stand eine Handbreit offen. Im Ausschnitt sah ich den Rand der Wanne, darauf den schwarzen Haarreif, den sie gestern getragen hatte.

Am fernen Ende des Gangs, rechts, mußte ihr Zimmer liegen. Licht fiel dort durch die offene Tür und schnitt eine blasse Raute aus dem Dunkel der Bohlen. Ich ging darauf zu.

»Gladys …?« fragte ich halblaut.

Fast verlor ich den Mut. Denn schon beim nächsten Schritt war es, als hätte ich durch die Nennung des Namens etwas zerrissen, das meine Absicht bisher geschützt und meine Unruhe eher gedämpft hatte.

Ich stand still, hielt die Luft an und lauschte ins Dunkel … Es hatte aufgehört zu regnen.

Als hätte das Ersehnte nur unter solcher Tonhülle stattfinden können, nur im Netz gleichmäßigen Regens, zögerte ich, dachte an Umkehren.

Bei angehaltenem Atem waren jetzt auch geringste Geräusche hörbar geworden. Einzelne Tropfen, glashell. Und fern und dumpf: Türschlag, unten im Treppenhaus.

Aber ich kehrte nicht um. Zwischen jenen geringsten hörte ich ihre Stimme. Ein leises, zaghaftes Seufzen. Ein leiseres, fast unterdrücktes Stöhnen. Plötzlich ein Ausatmen: lang und klar und schön.

Nochmals sprach ich ihren Namen, aber diesmal nur zu mir selbst, und ging dabei auf die Schwelle zu. Entschlossen jetzt: ich würde sie sehen. Jetzt würde es geschehen.

Am Türpfosten hielt ich, beugte den Kopf hinein.

Im Licht der Dachluke erkannte ich die Umrisse einer Kammer mit Bett. Mein Auge wurde vom Flackern einer Kerze angezogen, die beinahe abgebrannt auf dem Nachttisch zerfloß. Ihr verrinnendes Wachs hatte die nächsten Gegenstände, einen Löffel und eine Zinntasse, fast schon erreicht. Gladys saß daneben, so glaubte ich, am Bettrand, wo ihre Beine zu sehen waren.

Ich trat durch die Tür.

In diesem Augenblick kam die Sonne zwischen den Wolken hervor, flutete durch die Luke, so daß ich geblendet war, in der Lichtflut aber noch Gladys' Flüstern zu hören glaubte: ein ruhiges Flüstern, als habe sie damit gerechnet, daß ich ihr folge.

Ich wich zur Seite ins Halbdunkel des Zimmers und bemerkte erst jetzt, daß Gladys nicht saß, sondern sich aus dem Sitz rückwärts aufs Bett gelegt hatte. Ihr Kopf war im Dunkel zwischen den Kissen versteckt, als sei sie zu scheu herzusehen und wolle sich doch mir so zeigen.

Wieder glaubte ich, sie flüstern zu hören. Aber ich verstand nichts. Mein Herz schlug zu laut.

Langsam trat ich vor, bis an die Kante des

Betts. Ihr Arm lag auf einem Kissen, lag angewinkelt, als habe sie mich eben noch hergewunken, die Hand offen, ganz offen zu mir, als sage sie: Greif nach mir, zieh mich hoch – oder laß mich dich zu mir ziehen, zu mir hinab. Der Ärmel ihrer Bluse war nach oben gewickelt, das durchsichtige Halstuch, das sonst um ihren Nacken lag, hing jetzt in schlaffem Knoten überm Ellenbogen.

Aus dem Hinterhof hallte ein Kinderlachen herauf, ein Ball klatschte hell aufs Steinpflaster.

Gladys begann, den Arm zwischen den Falten des Betts auszustrecken, ließ aber ihr Gesicht im Versteck. Ihre blassen Finger glitten durchs Dunkel der aufgeworfenen Hügel und schwarzfaltenen Schluften des Tuchs, als suche sie nach etwas. Oder als läse sie streifend Zeichen in ihnen, läse mir vor, was ich nur nachzusprechen hätte, um glücklich zu sein.

Ich kniete aufs Bett und berührte ihre Hand. Ohne Scheu ließ sie sich von meiner umschließen.

Diese Hand wollte ich küssen, die Hand, die mir scheu zugewunken hatte, die mich geduldig tun ließ. Ich beugte mich zu ihr hinab – erst da, kurz vor der Berührung, sah ich im Laken die blutige Spritze.

Wie im Traum, angstschwer, erstarrt, blieb ich knien.

Mein Herz stand still.

> The director is the most overrated job in the world.
>
> *Orson Welles*

Der Stab Moses'

Seit wenigen Monaten lebte ich in Los Angeles, filmte fleißig für das Filmdepartment der Uni und schrieb erste englische Kurzgeschichten, die ich den Kindern eines amerikanischen Professoren-Ehepaars vorlas. Dieses Ehepaar hatte sich meiner angenommen. Ich war, so muß es wohl gewesen sein, »annahmebedürftig«. Annahmebedürftig, weil ich in dieser Riesenstadt letztlich verloren war. Verloren aber, weil ich mich, ohne es zu wissen, verlieren *wollte*. In dieser Stadt, in dieser neuen Welt, dieser anderen Kultur. Zum Beispiel war der Gedanke, die Muttersprache aufzugeben, in die andere Sprache einzugehen, darin unterzugehen, ein anderer zu werden, durchaus verlockend.

Die Gegend nahe der Uni, in der ich damals

als Zweiundzwanzigjähriger ein kleines Zimmer mietete, war nicht ungefährlich. Wer kein Auto besaß, ging nach Sonnenuntergang nicht mehr spazieren. Und ich hatte damals noch kein Auto. Auch keinen Führerschein.

Ein Kollege aus der Filmschule wollte mir helfen und fuhr mich einige Male, sonntagmorgens in aller Frühe, quer durch die Stadt zum Hollywood Boulevard. Der riesige Boulevard lag zu dieser Stunde noch wüst und leer. Hier durfte ich das Steuer übernehmen und üben. In den verlassenen Straßen, in denen ich damals jede erdenkliche Verkehrssünde beging, war die Wüste noch spürbar. Die Wüste, die diese Stadt nur neunzig Jahre zuvor noch gewesen war, schien überall durch. Die Häuser am Boulevard glichen größeren Zelten, bunten Lieblingszelten, die Glückssucher im Wüstensand aufgeschlagen und dann, so schien es, an endlos langen Reihen von Telefonmasten entlang der Boulevards nur festgezurrt hatten. Schon am nächsten Morgen konnten sie wieder verschwunden sein.

An einem dieser Sonntagmorgen, wir fuhren gerade auf einer Nebenstraße, suchten nach ungefährlichen, das heißt geräumigen Parklücken, um das Einparken zu üben, ließ der Freund mich plötzlich zur Seite fahren und halten.

Er deutete auf einen der Bungalows, die mit ihren offenen Rasenflächen die Straße säumten. Ein Mann in abgewetztem Morgenmantel stocherte da, barfuß und gebückt, inmitten wahllos auf den Rasen geworfener Habseligkeiten.

»Wir kommen gerade rechtzeitig«, meinte der Freund.

Ich fand die Bemerkung makaber. Die Szene war offensichtlich das Ergebnis eines katastrophalen Ehestreits, den der Mann verloren hatte. Man hatte ihm das Zeug aus dem Fenster vors Haus geschleudert.

Meinem Freund wurde klar, daß ich nicht wußte, was ein »garage sale« ist – eine der amerikanischsten Einrichtungen überhaupt. Die Autogarage, erklärte er, wird von vielen nur als

Abstellkammer benutzt, und alle Jahre, besonders aber wenn ein Umzug bevorsteht, trägt der Besitzer, was immer er loswerden will – Kleider, Bücher, Schallplatten, Einrichtungsgegenstände, Tiere –, auf den Rasen vors Haus, legt es hin oder pflockt es an, um es zum Verkauf anzubieten. Die Unordnung dabei ist wichtiger Bestandteil der »garage sale«-Tradition. So und nur so befriedigt man den lauernden Pioniersinn der Amerikaner, des Käufers überhaupt, der »finden« will – »aaah, look what I found! Und was *du* nicht gefunden hast« –, des Pioniers von heute, der allsonntäglich noch zu entdecken hofft, kein Neuland mehr, aber im nahezu Wertlosen die Perle vielleicht.

Als wir ausstiegen und nähertraten, überließ uns der Mann das Feld, schlurfte aus dem ungemähten, noch taunassen Gras und setzte sich auf einen Regiestuhl an der Rasenecke. Er begann, die Comic-Seiten der Sonntagszeitung zu lesen. Sein Hund lag im Gras und schirmte die auf dem Rasen ausgebreiteten Güter von der anderen Seite her ab.

Mein Freund ging sofort auf einen großen Karton alter Langspielplatten zu. Die Möbel und Haushaltsgegenstände waren mit kleinen Preisschildern versehen, die der Mann, um im Verlauf des Tages preisflexibel zu bleiben, mit Bleistift markiert hatte. Hinter ein paar alten Vasen, die spucknapfähnlich rochen, fand ich eine »Lazy Susan«. Als Kinder hatten wir diese doppelte Drehscheibe immer in amerikanischen TV-Serien bewundert, weil sie den Fernsehkindern am Fernseh-Frühstückstisch ermöglichte, die Cornflakes-Schachtel, den Sirup oder die Pfannkuchen mit lässigem Schwung der Scheibe vor die eigene Nase zu rücken. Die »Lazy Susan« erinnerte mich an die Heimat, an einen Frühstückstisch, auf dem sie nie gestanden hatte, an Fernsehnachmittage mit der Schwester, an die Familie, die ich verlassen hatte. Ich war versucht, sie aus Heimweh für die drei Dollar, die als Preis angegeben waren, zu kaufen. Und hätte ich das getan, dann wäre alles anders gekommen. Manchmal sind es die scheinbar nichtigen, die kleinsten Entschlüsse, die über Leben und Tod entscheiden.

Aber ich zögerte mit dem Kauf. Ein paar Schritte von der »Susan«, jener Drehscheibe, entfernt, lag ein langer Prügel auf einem Hilton-Hotel-Handtuch. Prügel und Handtuch lagen ganz außen, parallel zum Rasenrand. Es sah zunächst so aus, als habe der Mann im Morgenmantel beides nur hingelegt, um die ferne Flanke seiner Warenstreu abzugrenzen, quasi als Verlängerung des Hunds, der dieselbe Seite bewachte. Dann sah ich, daß das eine Ende des Holzes grob angeschnitzt war, als sei hier der »Kopf« des Prügels angedeutet; sein unterer Teil lief spitzer zu. Ich wollte mich schon wieder abwenden, da fiel mir auf, daß das Ding tatsächlich zum Verkauf bestimmt war. Das Preisschild, mit weißem Faden am Holzkopf befestigt, war über den Handtuchrand ins Gras gefallen und so kaum zu erkennen. Als ich auf den Preis sah, wurde ich noch neugieriger.

Fünfundzwanzig Dollar für einen alten,

dürftig geschnitzten Prügel? Das war mehr als ein Drittel meiner damaligen Monatsmiete. Ich hob das Ding auf, stellte es vor mich hin. Der Mann im Regiestuhl warf mir sofort – und nur scheinbar gelangweilt – einen Blick zu.

»Twenty-five?« rief ich.

Er nickte.

»Twenty-five dollars?« wiederholte ich ungläubig.

»It's an antique«, kam die Antwort.

Was für eine Art von Antiquität sollte das sein? Ich suchte den Prügel, der mir über die Schulter reichte, nach Rillen ab, nach Einschnitten. Ich dachte: Vielleicht läßt sich das Ding auseinanderziehen, ist eine Art Waffe, ein Degen im Prügel oder ähnliches. Aber dergleichen war nicht zu finden, kein geheimer Knopf in der Maserung, keine Schnittstellen, die nachgegeben hätten. Ich wollte keine dummen Fragen stellen und legte das Holz wieder auf den Rasen. Das heißt, ich war dabei, es zurückzulegen, auch parallel zur Rasenflanke zu rücken, da ruft mir der Eigentümer von hinten zu:

»Staff of Moses.«

Der Stab Moses'?

Ich drehte mich um, hatte das Ding noch immer in der Hand und ging damit durchs Warenwirrwarr hin auf ihn zu. Ich hatte ihn wohl nicht richtig verstanden. Was sollte das sein?

»It's the staff of Moses«, sagte der Mann im Morgenmantel ernst und ruhig, indem er auf den Prügel deutete. »Das ist der Stab, den Chuck Heston in den ›Zehn Geboten‹ rumgeschleift hat.«

Es war also ein altes Requisit, das ich in Händen hielt. Der »Stab Moses'« aus »Die Zehn Gebote«, einem Bibelschinken der fünfziger Jahre, den ich einst in der Karlsruher Schauburg gesehen und verachtet hatte. Wie alle Cecil B. DeMille-Produktionen. Und doch, immerhin, jetzt war ich beeindruckt. Seltsam, das Ding nach so vielen Jahren – wie aus der Leinwand geschnitten – plötzlich im Griff zu haben. Am Tatort sozusagen, in Hollywood. Ich überlegte mir, ob ich es kaufen sollte. Dabei hatte ich ziemlich gemischte Gefühle. Lächerlich und doch, irgendwie zu bewundern war dieser Stab. Lächerlich war er als Sinnbild der Geschmacklosigkeit jener Filme. Eher zu bewundern als Überbleibsel von »Grand Old Hollywood«, als Relikt aus den letzten Jahren der großen alten Studiozeit. Aber dahinter war noch ein anderes.

Der Stab war eine gelungene Anmaßung. Sein Geheimnis fuhr jedem, der ihn anfaßte, ganz spielerisch in die Knochen. Man wollte damit sofort die großen Gesten ausführen. Aber man beherrschte sich natürlich. Es ging auch kleiner. Ich tippte das lange Ende des Stabs an den Regiestuhl seines Besitzers. Wir grinsten beide. Nur: hinter diesem Grinsen war noch etwas versteckt. Ein Unheimliches. Ein Unheimliches, das man grinsend andeuten und damit gleich entkräften wollte. Eben weil es Kraft hatte. Man grinste über diesen ... »Stab Moses'«. Aber die Unheimlichkeit, die der Inhalt jener Bibel-Szenen dem Stab verliehen hatte, die blieb vom Kitsch der hollywoodschen Inszenierung fast ungetrübt, auch hinterm Grinsen noch übrig. Die war zu spüren, das bißchen »Unheimlich« an diesem Requisit, gerade weil und während man's belächeln durfte.

Damit hatte Charlton Heston Pharao Yul Brynners Palastteich blutgefärbt. Diesen Stab hatte er John Carradine, dem alten John-Ford-Schauspieler, der als Aaron neben ihm stand, überreicht, bevor Carradines Aaron den Stab zu Boden warf und das Zeichentrickdepartment der Paramount Pictures Corporation den starren braunen Prügel vor den Augen der Höflinge in ein für Sekundenbruchteile kümmerlich Schlängelndes und das Tierdepartment des nämlichen Studios das kümmerlich Schlängelnde in eine richtige Schlange verwandelte. *Den* Trick kopierten die Zauberer des Pharao zwar gleich und ohne weiteres. Aber unnachahmbar war doch, wie Heston keine zwanzig Minuten später, kurz bevor er das Volk in die Wüste führte, seine Arme in ganzer VistaVisions-Breite ausreckte und mit seinem Stab, mit *diesem Stab*, den ich jetzt hielt, das Rote Meer in grünrotschimmernde und leinwandhoch sich aufbäumende Technicolorhälften teilte.

»›Twenty five bucks‹«, wiederholte der Besitzer, dem ich viel zu lange zögerte.

»Und das ist wirklich der Stab aus ›The Ten Commandments‹, den ›Zehn Geboten‹?« fragte ich nochmals. Denn ich bezweifelte, wie das Requisit ausgerechnet in die Hände dieses Mannes im Morgenmantel gekommen sein sollte.

Ob es der Stab sei, der im Film zu sehen ist, könne er mir nicht sagen.

»Ach so.«

Es habe, so viel er wisse, fünf dieser Moses-Stäbe gegeben, Kopien, die während der Dreharbeiten von der Studio-Requisite für alle Fälle in petto gehalten wurden. Ob dieser da je zum Einsatz gekommen war, dafür könne er natürlich nicht garantieren.

Trotzdem. Ich war – vielleicht, gerade weil er das zugab – irgendwie entschlossen, ihm das alles zu glauben. Und dann doch wieder unentschlossen, weil ich vernünftig sein wollte. Fünfundzwanzig Dollar...!

Da kam mein Freund zu uns herüber – ohne Schallplatten, mit leeren Händen.

»Was hast du da?« fragte er mich.

»Den Stab Moses'... Charlton Heston soll ihn in den Zehn Geboten...«

»Wow!« unterbrach er mich. »Wow! How much?«

Ich sagte, er koste fünfundzwanzig Dollar.

»Wie wär's mit zwanzig?« sagte mein Freund zum Besitzer.

Der Mann im Morgenmantel zögerte.

»Kein Scheck«, meinte mein Freund, um Zweifel auszuräumen.

»Cash.«

Der Mann nahm mir die zwei Zehn-Dollar-Noten, die ich mühsam hervorkramte, aus der Hand, strich sie glatt und ließ sie dann in der Seitentasche seines Morgenmantels verschwinden. Ich sah's ihm an: Der Sonntag hatte mit einem Prachthandel begonnen. Zwanzig Dollar für einen Holzprügel.

Ich Idiot stand mit dem Ding in der Hand und sah ihn zum zweiten Mal grinsen. Ich drehte mich um, zu beschämt, ihn mein Gesicht sehen zu lassen.

»Vamos«, meinte mein Freund und hielt mir und dem Moses-Stab die Autotür auf.

Seltsam war, daß weder er noch die Nachbarn, denen ich den Stab zeigte – »Stab Moses, aus dem alten DeMille-Schinken ›Die Zehn Gebote‹« –, die Echtheit des Requisits bezweifelten. Zwanzig Dollar sei kein schlechter Deal, hieß es. Das Ding sei doch sicher viel mehr wert, ein typischer Garage-Sale-Fund.

»Jedenfalls wird er nicht an Wert verlieren«, meinten sie.

Ich selbst hielt es durchaus für möglich, daß sie sich hinter meinem Rücken über den Kauf lustig machten – das Ding *war* ja lächerlich –, und beabsichtigte, den Stab möglichst bald wieder zu verkaufen, wollte ihn aber erst noch in einem der Super-8-Streifen, die wir alle zwei Wochen an der Uni drehten, zum Einsatz bringen. Ich würde den anderen zeigen, daß ich wußte, wie lächerlich das Requisit war, ob echt oder gefälscht. Ich wollte den Stab und den alten DeMille-Film lächerlich machen, um mich schadlos zu halten, aus dem idiotischen Kauf doch noch Nutzen zu ziehen.

Nur wie?

Noch am selben Abend wußte ich, wie. Ich war auf einer kleinen Party eingeladen und lernte, märchenhaft genug, ein bildhübsches Mädchen kennen. Sie hieß Erin. War Amerikanerin. Aus New York. Seit einem Jahr wieder in Los Angeles, wo sie in Beverly Hills zur Schule gegangen sei.

»Um jetzt *was* zu tun?« fragte ich neugierig, zielbewußt.

Sie sei Tänzerin, Ballerina – »unemployed«, zur Zeit ohne Arbeit. Ich sah meine Chance. Ein Film mit einer Tänzerin, das wäre mal was anderes als die dummen Action-Movies, die wir in der Filmschule ständig zu variieren suchten. Ein Film *über* eine Tänzerin, Tanz um den Stab ... Stab Moses', den ich heute morgen erworben hatte. Wir könnten versuchen, den Schlangentrick zu kopieren, was weiß ich, »infinite possibilities«, Möglichkeiten ohne Ende.

Und? Wäre sie denn bereit, in einem Film mitzuwirken?

Das ist – in Los Angeles zumindest – eine völlig überflüssige Frage.

Wir verabredeten uns auf den nächsten Abend. Ich würde bei ihr vorbeikommen, einige Details zu besprechen, ihr die Arbeitsweise zu erklären, dies oder jenes vielleicht schon zu proben, auszuprobieren.

Das »BH« der Adresse, die sie mir auf ein Stück Papier kritzelte, stand für »Beverly Hills«, einen Stadtteil, den ich damals noch nie betreten hatte. Vierzig Minuten Autofahrt von der Uni aus. Mein Freund brachte mich hin. Bevor wir in ihre Straße einbogen – mein Finger auf der Stadtkarte war längst dort –, machte er mich auf die Bushaltestelle aufmerksam, die an der Ecke lag. Die Abfahrtszeiten der letzten Busse, die mich in jener

Nacht zur Uni zurückbringen würden, hatte ich mir bereits notiert.

Vor einem Dutzend kleiner, um einen Innenhof gruppierter Luxus-Apartments stieg ich aus.

Apartment »G« lag im ersten Stock. Ich muß seltsam ausgesehen haben, als ich, beladen mit Filmprojektor und einer Einkaufstüte Filmrollen, Moses' Stab in der Rechten, die dunkle Treppe hinaufstapfte. Eine ältere, fein gekleidete Dame mit Hündchen, die mir entgegenkam, fragte mich, was ich hier suche – nicht wen –, und zog dann ihr Hündchen, das vor allem am Stab interessiert war, energisch weiter.

Als Erin die Türe öffnete, sah ich sofort, daß etwas nicht stimmte. Als sei sie nicht vorbereitet auf meinen Besuch oder habe nicht wirklich damit gerechnet, daß ich die Verabredung einhalte. Die Leichtigkeit, mit der wir noch am Vorabend gesprochen hatten, war verschwunden. Sie entschuldigte sich für eine Unordnung, die ich gar nicht sah. Sie sagte, es sei so unordentlich bei ihr, weil ihre Mutter eines Umzugs wegen vieles zeitweilig bei ihr untergestellt habe.

In der Küche stand ein großer Tisch, zu dem sie mich führte, als wolle sie von der »Unordnung« des Wohnzimmers ablenken. Auf dem Tisch lag, woran sie arbeitete. »Schon seit einigen Monaten«, sagte sie. Sie nannte es »meine Collage«: Hunderte von Photos, die sie aus Zeitungen geschnitten hatte. Angerissene Menschen und Tiere, Mode und Mannequins aus Illustrierten neben Bildern aus dem Vietnam-Krieg, dazwischen Fetzen aus Zigaretten- und Kleiderreklamen. Wahllos, sinnlos, themen- und richtungslos. Bad art. Als ich nichts weiter sagte, meinte sie:

»It's not done yet.«

Es sei noch nicht fertig, sie arbeite ab und zu daran, sie habe ja nichts anderes zu tun.

Was mich an ihrer Collage betrübte, war weniger »bad art« als die eigene Angst – hier war sie wieder wachgerufen –, die Angst, in dieser Stadt, zerrissen wie diese Bilder, unterzugehen, sinnlos von Sinnlosem überwuchert, mich zu verlieren. Aber aussprechen konnte ich's nicht, weil ich es mir damals nie eingestanden hätte.

»It's good, it's really good«, log ich und wandte mich etwas ab vom Tisch. Sie nahm, das sah ich, die Lüge dankbar an.

Später zeigte ich ihr ein paar meiner Filme, die an der Uni entstanden waren und die ich auf eine freie Stelle ihrer Wohnzimmerwand projizierte.

»They're good, they're really good«, meinte sie.

Ich erzählte ihr von dem neuen Film, den wir zusammen machen wollten. Eine Geschichte über eine Tänzerin. Sie kauft bei einem »garage sale« ein Requisit aus einem alten Film, den Stab Moses', und nimmt ihn nach Hause mit. Sie tanzt mit dem Stab. Wie genau, wisse ich noch nicht – dazu bräuchte ich ihre Hilfe. Jedenfalls würde sich der Stab auf dem Höhepunkt des Tanzes plötzlich verwandeln. Ein Special-Effect. Von der Schlange wollte ich ihr noch nicht erzählen, zumal ich nicht sicher war, wie die Geschichte enden sollte.

»Oh, it's not done yet«, meinte sie verständnisvoll.

Sie begann mit dem Stab zu spielen. Sie sei, sagte sie, damals, als sie die Beverly Hills High School besuchte, auch *majorette* gewesen – ein Wort, das mit »Tambourmajorin« einfach zu plump übersetzt ist. Sie schob Sofa und Sessel zur Seite, um mir zu zeigen, wie sie mit dem Ding verfahren könne. Sie wirbelte den Stab – den ich ihr, etwas umständlich, beidhändig gereicht hatte – in *einer* Hand, in *ihrer* Hand, dann überkreuz abwechselnd mit beiden Händen, mit Armen, die immer schöner wurden, je länger ich zusah. Sie ließ den Stab spielerisch keck von der Schulter abprallen, schob sich behend unter dem hochgeworfenen rotierenden Stab durch, ließ ihn hinterm Rücken herabfallen, fing ihn wippend kurz vor dem Boden auf, sprang mit einem Bein, dann mit dem anderen abwechselnd darüber hinweg, den Stab dabei immer noch im Griff, ihn mühelos kontrollierend, warf das Bein kerzengerade hoch, zog den Stab linkerhand unterm Knie durch, fing ihn rechterhand wieder auf, griff ihn beidhändig und schnellte über den Stab, den sie vor sich hielt, als sei sie wie ein herrliches Tier durch den brennenden Ring gesprungen, um vor mir zu landen.

Ich war sprachlos und sah, daß ich ihr – so sprachlos – gefiel.

Sie rannte ins andere Zimmer, erschien kurz darauf in orangebestickter schwarzer Jacke, weißer Bluse und schwarzem Plisseerock, der Majorette-Uniform ihrer alten High School. Die ganzen Bewegungen, vor allem die Tricks mit den Beinen, seien so viel leichter auszuführen, meinte sie, nahm den Stab und begann nochmals. Ich hätte stundenlang zusehen können. Ich war begeistert.

Wir wurden ziemlich ausgelassen. Ich erinnere mich, daß sie zum Schluß einen Stuhl aus der Küche brachte, ihn einem Wohnzimmersessel gegenüberstellte und den Stab wie zum Hochsprung quer über beide Rückenlehnen legte. Wir nahmen von der Türe aus Anlauf und sprangen abwechselnd, wie Kinder, darüber hinweg.

Wenig später muß ich auf die Uhr geschaut haben. Der letzte Bus war natürlich schon abgefahren. Wie von uns beiden heimlich erwartet, kam ihre Einladung, hierzubleiben, ich könne ja auf dem Sofa übernachten. Und wie erwartet, nahm ich an. Und wie zu erwarten war, blieb's nicht dabei.

Wer blies die letzten Kerzen aus, bevor wir in ihrem Schlafzimmer einschliefen?

Niemand. Niemand ...

Mitten in der Nacht, es war gegen drei, wurde ich wach. Mir war, als hörte ich Stimmen. Ein Raunen und Rauschen, ein Knacken und Kratzen. Meine Hand tastete nicht nach der Lampe am Bett – denn es war hell. Brandhell. Das Schlafzimmer stand in Flammen.

Ich rüttelte Erin wach und zog sie, die noch schlaftrunken war, vom Bett. Als sie sah, was ich ihr zugeschrien hatte – als sie's sah und begriff –, blieb sie mit aufgerissenen Augen stehen. Die Tür – die einzige Tür, die aus ihrem fensterlosen Schlafzimmer führte –, die Tür, die dem Bett wenige Schritte gegenüber lag, war nur noch ein dunkler Abdruck im Flammenmantel der Wand. Ich ging zwei, drei zögernde Schritte aufs Feuer zu – und konnte nicht weiter. Die Hitze war unerträglich. Aus der Flammenwand wehten Ströme von Funken herüber.

Als ich Leinen und Kissen vom Bett riß, sprang das Feuer schon auf die Lampe. Meine Uhr sah ich noch, im Kleiderfeuer am Boden, das Metallband schlangenähnlich von der Hitze verzogen.

Ich stemmte die große Matratze vom Sprungfederrahmen, so daß sie senkrecht vor uns zu stehen kam. Ich sagte Erin, sie solle sich an mir festhalten, wir würden versuchen, mit der Matratze als Schild durch die brennende Tür zu stürzen. Der Gedanke, daß es dahinter noch schlimmer aussehen könnte, kam mir Gott sei Dank nicht.

Mit ausgestreckten Händen versuchte ich,

die Matratze zum Schild zu runden. Ich zerrte die Seiten, so weit es ging, zu mir her, krallte mich daran fest und schob mit Mühe den linken Fuß unters Gewicht der Matratze, um sie anheben und – auf die Flammen zu – vor uns herstoßen zu können. Wir taumelten los, Erin dicht hinter mir, wurden zurückgestoßen, weil die Matratze kurz vor den Flammen umzukippen drohte. Ich stemmte sie wieder hoch und begann von neuem. Bis wir die brennende Wand erreichten.

Da sprangen uns Flammenköpfe um den handgebogenen Matratzenrand, leckten um unsere Deckung herum, so daß meine Fingerspitzen, von der Hitze versengt, loslassen mußten, die Matratzenflanken nach vorn, ins Feuer zurückschnellten, es doppelt anfachten. Flammenwülste bliesen von überallher in den aufgebrochenen Schutz. Mit aller Kraft riß, schob und stieß ich an der Matratze, die nicht durch die Tür passen wollte – und brach, rückwärts gegen sie pressend, stoßend, den Rücken unterm Feuerschwall abgekrümmt, schließlich ein, brach durch die Tür, so daß wir im anderen Zimmer landeten.

Aber vom Wohnzimmer war nichts mehr zu sehen. Völlige Dunkelheit.

Als ich aufsprang, um Erin, die unter Schock stand, sich kaum mehr bewegte, weiterzuziehen, schlug es mich nieder. Denn was ich stehend in die Lungen zog, stach durch den ganzen Körper, war nicht zu atmen. Nur ganz unten, dem Fußboden so nah als möglich, konnte ich mich halten, um weiteratmen, weiterkriechen zu können. Die Rauchschwaden preßten schon tief herab und lagen so dicht, daß auch von außen kein Lichtfunke hereinkonnte. Ich wußte nicht mehr, wohin. In welcher Richtung lag die Tür? Ich zog an Erins Hand und schrie:

»Wo ist die Tür? Wo ist deine Haustür?«

Erin gab keine Antwort.

Ich starrte ins Dunkel und versuchte, mir das Wohnzimmer ins Gedächtnis zu rufen. Aus den Erinnerungsfetzen, die mir zuflogen und die ich völlig verzweifelt zu ordnen suchte, stellte ich aneinander, was nie beisammen gewesen, nebeneinander, was vielleicht doch nacheinander gestanden hatte. Panik kam auf, als ich weiterkroch, mit meiner Hand nur ertastete, was nicht zu fassen war, in keine Vorstellung passen, mit Scherben, Stößen, Stichen den Raum, den meine Erinnerung erstehen lassen wollte, nur immer wieder zerriß, Panik, das Zimmer in Gedanken nicht mehr herzerren, nicht mehr rechtzeitig herstellen und hinbiegen zu können, sinnlos im Dunkel umherzukriechen, sinnlos darin zu enden.

Ich zog Erin fort, aber nirgendwohin.

Irgendwann schlich sich der Gedanke ein, es sei besser, liegenzubleiben, wo wir waren, und, den Kopf am Boden, etwas auszuruhen. Ein Gedanke, der sofort überstimmt wurde, überschrien, weil ich wußte, daß wir ersticken würden.

Ich kroch ein Stück weiter, mußte mich aber, um Erin mit beiden Händen nachzuziehen, wieder auf den Rücken drehen. Ich schloß die Augen gegen den Rauch. Nur einmal tat ich sie auf, einmal, im Reflex, als ich Erins Hand nicht mehr fand.

Erschrocken sah ich etwas, sah es über mir auftauchen, sekundenlang im Dunkel quer über mir schweben. Rauchumzogen, zum Greifen nah.

Es war der Stab Moses'. Der Stab, den wir Stunden zuvor als Latte über zwei Stuhllehnen gelegt hatten. Der Stab, über den wir gesprungen waren, von der Türe aus Anlauf genommen hatten.

Von der Türe aus!

Jetzt wußte ich die Richtung und rief Erin zu. Wir zogen uns durch, unterm Stab durch, fanden zur Tür und krochen ins Freie.

Wenig später standen wir auf der gegenüberliegenden Straßenseite und sahen die Wohnung abbrennen. Die Feuerwehrleute, die gekommen waren, verhinderten, daß der Brand auf andere Apartments übersprang. Nachbarn, die wir aus dem Schlaf geläutet hatten, gaben uns Kleider. Ein Feuerwehrmann strich uns Brandsalbe auf Gesicht und Arme.

Man fragte uns, was den Brand ausgelöst haben könnte. Ein Experte stellte die Brandursache fest. Der Versicherungsagent und der Vermieter notierten eifrig mit. Der Schaden wurde geschätzt.

Niemand fragte, wie wir entkommen waren.

Spricht im Reiz bewußter Bewußtlosigkeit,
einer Schau sich verschränkender Zeiten
und Welten, nicht der Wunsch,
das als gegensätzlich Begriffene heimlich
zusammenzurücken, im Dunkel –
unvermutet unheimlich – auf einen
Sichtwinkel zu stoßen, von dem aus
Getrennteste endlich zusammenstünden?

Die Nacht der Zeitlosen

Beim Rückflug aus Frankfurt hatte sich meine Maschine um zwei Stunden verspätet. Die Sonne ging gerade unter, und Wyatt wartete schon ungeduldig am Flughafen von Los Angeles auf mich. Ich war erst kurz vor der Landung aufgewacht, herrlich ausgeschlafen, als stünde mir ein ganzer Tag bevor. Der Effekt der Zeitverschiebung wird verstärkt, wenn man den Weg ans Ziel ausradiert, ihn schlafend gleichsam ungeschehen macht, weil kaum Bewußtsein davon bleibt. Die Orte, durch soviel Zeit, und das hieß: soviel Raum, voneinander getrennt, wachsen durch die Bewußtlosigkeit des Schlafs fast nahtlos aneinander. Und ich hätte mich zunächst nicht gewundert, wenn meine Schwester, die mich in Frankfurt verabschiedet hatte, in Los Angeles ungeduldig auf mich zugekommen wäre, mich ins Westend zu fahren, ebenso ungeduldig, wie mein Bekannter, der nun die überfüllten Freeways mied, um mich auf schnellstem Weg zu Hause abzuliefern. Die leeren Seitenstraßen, die er nutzte, lagen bald so dunkel, daß sich auch hier das reizvoll verwirrende Gefühl einstellte, ich reiste noch durch ein Frankfurt, in das nur immer wieder, im blendenden Licht der Kreuzungen, Passagen von Los Angeles verwoben waren. Das Hell-Dunkel wechselnder Szenen erinnerte mich daran, daß ich als Kind manchmal die Kinokarten einem Freund übergeben hatte, der mich dann – ich schloß die Augen, bevor wir ins Dunkel des Kinosaals eintauchten – zu meinem Sitz führen mußte. Ich ließ die Augen geschlossen, bis die Vorstellung begann, und verstärkte dadurch den mir angenehmen Eindruck, der Film gehöre zur selben Wirklichkeit und sei durch nichts als einen einzigen verlangsamten Wimpernschlag von mir getrennt.

Es war wenige Stunden später, gegen elf Uhr nachts. Ein Teil der Party hatte sich auf den Rasen vors Haus verlagert, weil es innen zu eng und zu laut geworden war. Ich hatte mich, nachdem die Feier aufregend begonnen hatte, erfolglos im Gedränge des Wohnzimmers auf die Suche nach einer jungen Frau begeben, von der man mir Seltsamstes berichtete und für die ich mich deshalb, wider jede Vernunft, begeisterte, als fühlte ich mich ihr im Innersten verwandt. Einmal war es einer Bekannten von ihr gelungen, sie ein Stückweit durch die Menge zu uns zu ziehen: nur kurz bekam ich ihre Hand zu Gesicht, die in einem langen hellblauen Abendhandschuh steckte. Die Menge, von der einige nach draußen drängten, zog sie Augenblicke danach wieder fort. Ich zwängte mich weiter zum Ausgang und begann, auch unter den Feiernden auf dem Rasen nach ihr zu suchen.

Um die verschiedenen Gruppen, ihr Kommen und Gehen besser überblicken zu können, überquere ich die kleine Avenue. Im Haus meiner Vermieterin, Mrs. Langsam, die mir schräg gegenüber wohnte, flackerte einsam das Licht des Dreizehnerkanals. Schatten einer alten *Dragnet*-Krimi-Episode spielten auf den sonnengebleichten Polstern des Sessels, in dem die alte Dame eingenickt war. Ich wandte mich ab, ging das Trottoir entlang und bemerkte kurz darauf eine Frau, die im Dunkeln neben Mrs. Langsams altem Pontiac auf dem Bordsteinrand saß und rauchte. Als der Scheinwerfer eines vorbeifahrenden Wagens sie erfaßte, hob sie einen Arm vor die Augen.

Ich ging auf sie zu und bemerkte beim Näherkommen, wie sie den Arm, den sie, wieder im Dunkeln, zunächst senken wollte, etwas höher zog und gegen mich richtete, um das Licht der Straßenlampe, das mich rückwärts beleuchtete, abzuschirmen. Sie trug hellblaue Abendhandschuhe.

Ein, zwei Atemzüge lang war es, als sei ihre Bewegung ein Ansatz zum Winken gewesen, und als bewegte nicht ich mich auf sie zu, sondern als sei sie es, die auf mich zugetragen würde, gemessen-sanft herangetragen, wie im gläsernen Wagen, nicht mir, sondern der Menge zuwinkend.

Ich fragte, ob sie etwas dagegen hätte, wenn ich mich zu ihr setze.

Sie habe nichts dagegen, sagte sie und sah zu den feiernden Leuten hinüber.

Ich schätzte sie auf Mitte dreißig. Sie trug ein weißes T-Shirt und Jeans. Ihr langes schwarzes Haar hatte sie straff zurückgekämmt, mit silberner Spange im Nacken gehalten. Wie Françoise Fabian in »Meine Nacht bei Maude«, dachte ich.

»Kennst du viele Leute dort drüben?« fragte ich.

»Nein.«

»Aber warst du nicht vorhin mit ...«

»Ich mach's wie du«, unterbrach sie mich, ohne die Stimme anzuheben. »Ich ruh mich nur etwas aus. Zuviele neue Gesichter.« Ihr Südstaatenakzent war deutlich zu hören.

»Wo kommst du her?«

»Dallas … Bin hier nur zu Besuch.«

»Ferien?«

»Wär schön. Ich muß mich um eine Verwandte kümmern, der's seit ein paar Wochen nicht gutgeht.«

Sie schwieg, als hätte sie schon zuviel gesagt. Ich ärgerte mich, das Gespräch so idiotisch begonnen zu haben. Warum fragte ich sie nicht ganz direkt? Mein Vorwissen hielt mich ab. Als wollte ich es ihr überlassen, sich erkennen zu geben.

»Mir ist da vorhin etwas Merkwürdiges aufgefallen«, begann ich von neuem. »Ich kenne die meisten der Leute dort drüben. Einige Freunde darunter, einige, die ich schon länger nicht mehr gesehen habe. Vor einer Stunde, als es im Wohnzimmer ziemlich eng wurde …«

»Zu eng«, sagte sie und lächelte.

»… da fiel's mir zum ersten Mal auf. Jemand hatte mir gerade eine junge Frau vorgestellt, eine Polin, die seit längerem in Amerika lebt. Ich erfuhr, daß sie, wie wahrscheinlich jede zweite dort drüben, Filmschauspielerin ist. ›Und wo habe ich Dich schon mal gesehen‹?«

»Wie bitte?«

»... habe ich *sie* gefragt, diese Schauspielerin. Sie sagte: ›Ich war in *JFK*‹, dem Oliver Stone Film. ›Ich war Marina‹, sagte sie. – ›Marina?‹ sag ich, ›wer war das nochmal?‹ – ›Marina Oswald, die Frau von Lee Harvey Oswald.‹ Und jetzt erinnerte ich mich wieder an sie, an Szenen aus dem Film, den ich vor ein paar Jahren gesehen hatte. Damals war sie mir gleich aufgefallen. Es war seltsam, Marina Oswald gegenüberzustehen. Und es schien ihr nicht unangenehm, daß ich sie als ›Marina‹ wiedererkannte. Ihren wirklichen Namen hatte ich schon wieder vergessen. Merkwürdig, wie beeindruckt ich war, diese ... Witwe des angeblichen Kennedy-Attentäters vor mir stehen zu sehen. Verstehst du das?«

Sie zuckte mit den Schultern. »Ich dachte, hier in Hollywood liefen dir solche Leute täglich über den Weg.«

»Vielleicht war es, weil ich von dieser... von

der Witwe Oswalds zwar wußte – ich wußte, daß Oswald verheiratet gewesen war –, aber ich konnte mich nicht erinnern, in den Zeitungen je Bilder von ihr gesehen zu haben. Ich sah sie im Film, bewußt, zum ersten Mal. Und doch war's vorhin, als reiche meine Erinnerung an sie bis tief in die Kindheit zurück. Ich war acht oder neun, als es geschah ... das Attentat. Das war 63, nicht wahr?«

»Am 22. November 63«, sagte sie. »Man sagt, jeder Amerikaner weiß, wo er damals war.«

Ich zögerte, weil ich dachte, sie würde von sich zu erzählen beginnen. Aber sie schwieg.

»Ich bin in Deutschland aufgewachsen«, sagte ich – und wieder sah sie her. »Aber ich erinnere mich noch, wie jemand – ich nehme an, es war am Morgen nach dem Attentat – bei uns sturmklingelte und meiner Mutter, die sich übers Treppengeländer beugte, etwas hinaufrief, laut zurief, daß es im ganzen Treppenhaus schallte und ich nichts mehr verstand, nur die Schritte heraufhämmern hörte, dann einen

Bekannten der Eltern sah, der auf dem Treppenabsatz unter unserer Etage stehenblieb. Er sah, daß meine Mutter seine Worte verstanden hatte, wartete einen Augenblick, als hätte sie Antwort für ihn, und rannte dann wieder die Treppen hinab. Und ich verstand nicht, was geschehen war, warum sie plötzlich so bleich im Gesicht wurde und zu weinen begann. Und verstand nicht, was sie mir noch im Weinen zu erklären versuchte... Und du?« fragte ich. »Du warst sicher noch zu jung, dich an den Tag zu erinnern, oder?«

Sie lächelte, blieb aber still.

»Jedenfalls«, fuhr ich fort, »fiel mir, kurz nachdem ich mit der Oswald-Schauspielerin dort drüben gesprochen hatte, ein, daß ...«

»Die heißt Beata«, unterbrach sie mich. »Die Marina-Oswald-Schauspielerin heißt Beata Pozniak.«

»Richtig. Richtig, ihr kennt euch ja. Also kurz nachdem ich ... ›Beata‹ kennenlernte, fiel mir ein, daß zwei meiner Freunde, die heute abend auf dieser Party sind, mit den am Kennedy-Attentat Beteiligten ebenfalls in kurioser Verbindung stehen. Siehst du den älteren Mann, der dort drüben auf den Stufen vorm Apartment-Eingang sitzt, ganz links neben den anderen, den grauhaarigen?«

Sie nickte.

»Das ist Mikey Madzounian. Ich kenne ihn schon seit Jahren. Ein Statist. Nebenberuflich ist er jetzt Friseur. Ohne festen Laden. Er macht nur Hausbesuche.«

Sie lachte.

»1961 war er Rausschmeißer in der Pearl Bar auf dem Hollywood Boulevard. Er lebte damals mit einer Stripperin zusammen, die dort auftrat und in die Mikey sich verliebt hatte. Sie hieß Snow White. Eines Abends nahm ihn ein Mann auf die Seite. Er erklärte Mikey, daß Snow White früher für ihn gearbeitet habe und er einen Haufen Geld in sie investiert hätte. Snow Whites Schulden seien nun Mikeys Schulden. Der Mann sagte, er erwarte die erste Rate innerhalb eines Monats, und gab ihm seine Karte. Die Adresse eines Nachtclubs in

Dallas. Das war Jack Ruby... der Mörder Lee Harvey Oswalds.«

»Und dein Mikey dort«, fragte sie, »hat er gezahlt?«

»Mikey behauptet, Jack Ruby sei daran schuld, daß er beim Film gelandet ist. Ein Drehbuchautor, für den Mikey ab und zu Drogen besorgte, verschaffte ihm eine erste Statistenrolle als Infanterist in der Bürgerkriegsepisode von ›Das war der Wilde Westen‹. Da sei er, nach der Schlacht bei Shiloh, ein toter und ein lebendiger Unionssoldat gewesen und habe sich selbst, nachdem er in einer Szene bereits im offenen Massengrab gelegen hatte, in einer anderen mit Branntkalk zugeschüttet und es als gutes Omen gedeutet. Als tatsächlich rasch andere Filmjobs folgten, hat er Ruby auch ein paar Raten nach Dallas überwiesen. Dann aber trotzig abgewartet. Snow White machte sich Sorgen um ihn, als sie hörte, daß er an Ruby nicht weiterzahlen wollte, und schenkte ihm einen Revolver. Mikey trug ihr Geschenk, eine .38 Smith & Wesson, in einem kleinen Halfter unterhalb der Wade, als werde Ruby gerade dann auftauchen, wenn Mikey sich die Schnürsenkel bindet oder mit den Jungs vor der Bar *streetcraps* würfelt. Ein Jahr später stand Mikey vor dem Bruch mit Snow White. Sie wollte zu Ruby zurück, in Dallas groß auftreten. Ruby hatte ihr angeboten, sie als totes Schneewittchen von den Sieben Zwergen auf die Bühne seines Nachtclubs tragen und aufbahren zu lassen. Ihr Glassarg, an unsichtbaren Seilen gezogen, würde sich senkrecht über die Bühne erheben, und Snow White, vom grellen Spotlight erfaßt, von den Toten erweckt werden und im schwebenden Glassarg zu strippen beginnen. Damals, die Trennung stand wenige Tage bevor, spielte Mikey gerade eine Statistenrolle in ›Das Mädchen Irma La Douce‹ – einen der Zuhälter in Irmas Pariser Quartier. In einer Drehpause im Studio sei Shirley MacLaine, der Star des Films, an den Statisten herangetreten – auf den Tip eines Regieassistenten hin, so erfuhr er später –, habe Mikey vor allen anderen um Feuer gebeten und ihm dann – »sie hatte gerade an der Zigarette gezogen, mein Streichholz brannte noch!« – knapp unterm Schritt, mit raschem Griff ihrer frostweißlackierten Fingernägel, das Hosenbein hochgezogen. »May I?« soll sie geflüstert haben, als sie die Waffe in Augenschein nahm, die er dann aus dem Halfter zog und sie anfassen ließ. Tags darauf habe ihn der Regisseur, Billy Wilder, aus der Gruppe der in Irmas Stammcafé versammelten Luden herbeigewunken und folgendermaßen angewiesen. Mikey solle in der gleich zu drehenden Tanzszene, an der alle Café-Stammgäste beteiligt seien, Shirley beziehungsweise Irma erst Rücken an Rücken wie zufällig streifen, sich dann nach ihr umdrehen und sie, die noch immer abgewandt von ihm tanze, plötzlich zu sich herumreißen, mit beiden Händen an den Hüften packen und in einem begeisterten Schwung vom Boden hoch auf den Billiardtisch heben – wo sie dann allein weitertanze. Mikey nickte aufgeregt, als er das hörte. Aber er wurde noch nervöser, als Wilder, der seine Verwirrung sah, hinzufügte: »Shirley besteht darauf, daß *du* das machst.« Kurz darauf lief die Kamera. Im entscheidenden Moment riß Mikey Shirley Mac-Laine, aus jener mit Wilder abgesprochenen Tanzbewegung heraus, beidhändig nach oben, aber dann, aufwärts blickend zu ihr, im Bewußtsein, daß ihre Augen ihn gerade aufreizend gestreift hatten – wie erregt vom Vertrauen in die Arme, die sie da trugen –, vermochte Mikey den Star nicht mehr loszulassen, blieb stehen, nur noch starr aufblickend zu ihr, die er starr in seinen Armen erhoben hielt, als suche er in ihren Augen die Frau, die nie von ihm Abschied nähme. MacLaine schrie, als sie spürte, daß irgend etwas mit Mikey nicht stimmte. Der Statist wurde nach Hause geschickt, ausgezahlt, erstmal entlassen. Das Traurige war, daß Mikey, dem Snow White wenig später davonlief, sich, statt der Wahrheit ins Auge zu sehen, einzureden begann, Snow White habe sich opfern wollen. Für ihn. Sie sei nur nach Dallas gefahren, die Schuld zu begleichen, die Mikey Jack Ruby zu zahlen verweigert hatte.

»Aber es war doch ... *ihre* Schuld, nicht?« fragte sie unsicher.

»Mikey meint, das sei nicht der Punkt. ›Wenn Snow White nicht nach Dallas gegangen wäre, hätte Ruby mich umgelegt‹, sagt er heute noch. ›Ohne Snow Whites Opfergang‹, behauptet er sehnsüchtig stolz, ›wäre alles anders gekommen. Ruby wäre wegen Mord verhaftet worden, und, bevor du's weißt, hätte am 22. November in Dallas einer gefehlt. Nur einer. Aber ein entscheidender Mann vielleicht, wer weiß‹.«

»Na, *ihr* scheint's ja zu wissen, du und dein Mikey dort drüben«, sagte sie, aber ihr Lachen klang falsch. Sie preßte die Zigarette rasch am Bordstein aus, fast ängstlich, als habe sie nun genug gehört. Nur stand sie nicht auf.

»Und wer ist der andere?« fragte sie herausfordernd.

»Der andere?«

»Außer Beata und Mikey...«

»Richtig, kaum waren mir Mikey und seine

Verbindung zu Ruby eingefallen, kam mir Talia entgegen. Talia Trafficante ist eine Exfreundin, früher war sie Schauspielerin, heute ... ich bin mir nicht ganz sicher, was sie heute treibt. Du hast sie vorhin wahrscheinlich gesehen: groß, brünett, das heißt, augenblicklich ist sie blond. Sie trägt den Rock mit dem Leopardenmuster.«

»Doch«, sagte sie, »ich glaube, ich weiß, wen du meinst.«

»Vor fünfzehn Jahren trat sie jeden Abend in einem Stück auf. Nicht hier. In New York, off-Broadway. In einer der Szenen mußte ihr Partner sie ohrfeigen. Was heißt ›mußte‹. Er tat es offensichtlich mehr als gern. Die ersten paar Male behauptete er noch, die Hand sei ihm ausgerutscht. Zwei blaue Flecken, die sie mit Make-up gerade noch abdecken konnte. Am dritten Abend dasselbe Debakel. Sie hatte nach dem Schlag vor Schmerz aufgeschrien und ihren Text, ihren Einsatz, vergessen. Die Backe war angeschwollen. Er kam wieder mit tausend Entschuldigungen, er habe so intensiv in der Szene gelebt, sich so auf sie konzentriert, daß ... und so weiter. Am Abend der nächsten Vorstellung, kam sie kurz vor dem Auftritt in seine Umkleidekabine und legte zwei Fotos auf den Tisch. Das eine war ein Polaroid, das sie wohl am Vorabend, gleich nach der Vorstellung, aufgenommen hatte. Man sah deutlich die Schwellung der Wange, die blauen Flecke. Das andere lag unter Glas, in einem silbernen Rahmen. Sie ist fünf auf dem Bild und sitzt auf dem Schoß eines älteren, ehrwürdig aussehenden Italo-Amerikaners. ›Wenn du heute abend mit deiner Hand auch nur in die Nähe meiner Backe kommst‹, hat sie zu ihm gesagt, ›dann schick ich meinem Onkel das Polaroid.‹«

»Und wer war der Mann auf dem Foto?«

»Santos Trafficante. Der Florida-Mafiaboß, der zusammen mit Sam Giancana den Auftrag zur Ermordung Kennedys gegeben haben soll. Ich war vorhin ganz aufgeregt über diese Entdeckung, verstehst du das? Mikey, Beata und Talia – alle drei auf derselben Party, und sie wissen nichts voneinander! Ich zwängte mich durch die Menge zum Kücheneingang, neben dem noch die Leiter steht, mit der man dekoriert hatte, stieg hinauf und konnte von dort oben die ›Ruby‹, ›Oswald‹, ›Trafficante‹ im überfüllten Wohnzimmer gut ausmachen. Nur sah ich sie, wie gesagt, eher als die Personen, für die sie in dieser Verbindung standen: ich sah also ›Jack Ruby‹, den Mörder Oswalds, dort drüben, nur zwei, drei Leute von ›Marina Oswald‹, seiner Witwe, entfernt, mit dem Rücken zu ›Trafficante‹ stehen … oder beobachtete, wie ›Trafficante‹, der Auftraggeber des Kennedy-Attentats, sich, ohne es im mindesten zu ahnen, an Jackie Kennedy vorbeidrängte … Ist das nicht seltsam?« sagte ich und dachte: Jetzt wird sie antworten.

Sie schwieg. Sie sah nicht einmal her.

»Und all das«, begann ich wieder, »geschah wie damals, ja, letztlich ›wie damals‹: im Beisein aller, unter den Augen aller Nichtwissenden, aller Unwissenden. Und die so genannten ›Ruby‹ und ›Oswald‹, ›Trafficante‹ und ›Kennedy‹, deren Wege sich immer wieder wie zufällig kreuzten und die ich von oben mit Augen verfolgte, die, dachte ich, wußten es nur nicht mehr, wußten nicht, daß sie's sind, daß sie's wären. Ein paar Leute fragten mich, warum ich da oben auf der Leiter sitze. Die hielten mich für betrunken. Die sahen nicht, was ich sah. Es war, als sei die ganze Aufsicht, die ich hatte – wie jene in Zeitungsphotos von Dealey Plaza und den möglichen Schußwinkeln bei der Ermordung Kennedys –, von Geraden zerschossen, die jene sich ständig ändernden Verhältnisse der vier zueinander markierten. Ich dachte: Von hier aus könnte man Begegnungen einleiten, steuern. Ich verspürte diesen seltsamen Reiz, den Konstellationen von oben aus nachzuahnen, dabei Pläne zu schmieden. Ich wollte den Mörder und die Witwe, also ›Ruby‹ und ›Oswald‹, miteinander bekannt machen. Und stieg von der Leiter und griff mir Ruby und nahm ihn mit zu Marina Oswald, ohne den beiden zu sagen, was ich gesehen hatte, für wen sie mir standen und was sie miteinander verband, welche Rolle sie mir unwissend spielten. Ich hörte eine Weile lang zu, wie Ruby Marina mit Komplimenten eindeckte. Dann sah ich mich nach Trafficante und Jackie Kennedy um. Ich sah, daß Trafficante sich inzwischen auf die Couch gesetzt hatte, und suchte nach Jackie, um auch diese beiden miteinander bekanntzumachen ...«

»Und warum?« fragte sie.

»Warum? Das verstehst du wahrscheinlich besser als ich. Ich wollte deine Geschichte hören.«

»Die kennst du doch offensichtlich bereits.«

»Beata hat mir vorhin erzählt«, sagte ich, »daß sie mit einer Freundin dasei, die ...«

»... die Jackie Kennedy gespielt hat«, fiel sie ein.

»Ihr hättet euch bei den Dreharbeiten zu *JFK* kennengelernt.«

Sie nickte. »Dann hat sie sicher auch die Umstände erwähnt. Ich bin keine Schauspielerin.«

»Das ... oder so hat sie's nicht gesagt.«

»Wie hat sie's denn beschrieben?«

»Beata sagte, du seist damals als Jackie Kennedy angeheuert worden. Für die Sequenz mit der Autokolonne, die durch Dallas beziehungsweise durch Dealey Plaza fuhr, als die Schüsse fielen. Oliver Stone, so hätte sie gehört, habe von dir zum ersten Mal in Dallas erfahren. Die Leute sprachen von einer jungen Frau, die sich schon als Teenager immer wieder mit Jackie Kennedy beschäftigt hatte, sich manchmal so kleidete wie sie, ihr auch ähnlich sah. Sie hieß Jackie – Jackie Ballard. Und da man für die nachgestellten Szenen keine ausgebildeten Schauspieler brauchte, habe man dich holen lassen, kurz interviewt und dann für die Szenen engagiert. Hat sie gelogen?«

»Nein, erzähl weiter. Ich würde wirklich gerne hören, wie sie's dir beschrieben hat.«

»Sie sagte, es sei etwas Furchtbares geschehen. Sie selbst habe alles erst später erfahren. Und nicht von dir.«

»Das stimmt.«

»Du seist gar nicht darauf ansprechbar gewesen. Alles sei so gekommen: Man ließ die Autokolonne losfahren, auf Dealey Plaza in Dallas einbiegen. Alles war wie damals. Oliver Stones Szenenbildner hatten dafür gesorgt, daß nichts in den Einstellungen zu sehen war, was nicht auch 63 schon bestand. Sogar die Hecken und Baumkronen in der Elm Street seien auf ihre 63er-Ausmaße zurückgestutzt und die *HERTZ Rent-A-Car*-Uhr, die das Pfeildreieck der Plaza überragte, auf *12:30 PM* zurückgestellt worden. ›Jackie‹, erzählte Beata weiter, ›saß in der offenen Lincoln Limousine. Die Einstellungen von Kennedys Wagen wurden aus einiger Entfernung gedreht, seitlich, von hinten. An jenem Drehtag‹, meinte sie, ›hat man einen präparierten Dummy neben Jackie gesetzt, in Kennedys Kleidung. Die Wachspuppe sollte während des Attentats genau an den Stellen zerfetzt werden, wo die Kugeln einschlugen.‹ Man habe dir genau erklärt, wie du dich zu verhalten hast... auch den ›Isis-Job‹, wie der Effects-Mann witzelte, das heißt, was Du, *nach* den Schüssen, auf den hinteren Wagenteil kriechend, dort zu suchen und einzusammeln hättest. Eben alles entsprechend der Szene aus dem Abraham-Zapruder-Film, dem Amateurstreifen, auf dem das Attentat damals zufällig festgehalten worden war. Stone habe vorgehabt, den 8-Millimeter-Film später mit seiner nachgestellten Sequenz zu verschränken, hin- und herzuschneiden zwischen beidem, also Damals und Jetzt zu montieren. Aber... aber als der Wagen beim Nachstellen der Szene die Stelle erreichte, wo damals die Schüsse fielen, hätte Jackie, hättest *du*... plötzlich die Puppe mit beiden Händen am Kopf ergriffen und nach unten auf den Sitz hinabgezogen. Das Signal zum Auslösen der Schuß-Sequenz, also der Sprengladungen, die die Einschläge der Schüsse von seitlich vorn und hinten nachstellen sollten, muß im selben Moment gegeben worden sein. Jedenfalls hieltst du mit beiden Armen den Kopf der Puppe umschlungen, so daß gleich mit der ersten Sprengladung –

dem Schuß von vorn durch die Kehle – deine beiden Hände, durch die weißen Handschuhe hindurch, die Jackie trug, verletzt wurden. Der Take sei Sekunden später abgebrochen worden, der Wagen angehalten. Einige Leute seien hinzugerannt. Die im Kopf des Dummys gespeicherten Blutsäcke waren noch mitgesprengt worden, und so habe man zunächst nicht zwischen deinem Blut und dem künstlichen unterscheiden und das wahre Ausmaß der Verletzungen nicht beurteilen können. Überhaupt aber seist du von der Puppe nicht zu trennen gewesen, völlig hysterisch, als man versuchte, deine Hände vom Kopf der Figur zu lösen. Du hättest geschrien, hättest dich weinend festgeklammert, nicht losgelassen. Ein Notarzt hat dir eine Spritze verpaßt – und erst da, als man dich aus dem Wagen hob, bewußtlos, sei klar geworden, daß deine Handteller schwer verletzt worden waren.«

Jackie sah her.

»Mit einem Wort: Die sagt, ich hätte durchgedreht.«

»Du hättest durchgedreht, ja …«

»Das sagen sie immer, wenn man das einzig Richtige tut. Das sagen immer die, die nicht zur Stelle waren.«

»Du hast geglaubt, du seist Jackie, Jacqueline Kennedy. Was heißt hier ›das einzig Richtige tun‹?«

»Ich habe eben nicht geglaubt, ich sei Jackie. Eben nicht. Jackie Kennedy hat damals nicht gewußt, daß Schüsse fallen würden, ihren Mann treffen und töten würden. Sie hatte's nicht einmal geahnt. Gleich nach dem ersten Schuß sah sie seitlich zu ihrem Mann, sah, wie Kennedy seine linke Hand erhob. ›Es sah aus, als habe er Kopfschmerzen,‹ hat sie später gesagt. Ich habe nicht wie Jackie Kennedy gehandelt. Ich habe mit dem Wissen gehandelt, das ich damals hatte. Es war, als sei ich mit diesem Wissen in jene Zeit zurückversetzt worden. Ich sah die Kamera-Crew nicht mehr. Ich sah die beiden Polizisten, die auf ihren Motorrädern neben uns herfuhren. Ich sah das Brückentunnel, nicht allzuweit vor uns, und dachte noch: Wie wirklich heiß es ist heute, und daß es nicht die Filmlampen sind, die diese Hitze erzeugen, sondern dieselbe Sonne, die damals, siebenundzwanzig Jahre zuvor, auch auf Dealey Plaza in Dallas fiel und den Lincoln, in dem wir saßen, beschien. Und mir fiel ein, daß Jackie später sagte, sie habe, als sie die Limousine auf jene Brücke, Augenblicke vor dem ersten Schuß, zufahren sah, noch gedacht, damals gedacht: ›Dort im Schatten der Brücke wird es kühler werden.‹ Und da, als ich das dachte, mischte sich, so unglaublich schmerzhaft, daß es mir fast die Sinne raubte, das Vorwissen ein, daß er jetzt jeden Augenblick sterben würde und daß ich ... die einmalige Chance hätte, was geschehen war, zu verhindern. Die einmalige Chance. Kennst du das nicht? Du erzählst etwas nach, und bevor das Grauen sich noch ereignet, in deiner Erzählung, deinem Nach-Erzählen wieder-ereignet, sucht dein Hirn den Sätzen, die du sprechen sollst, zu entkommen, sucht Auswege überall, überallhin, sucht zu verhindern, was geschehen war, sucht ungeschehen zu machen, nein: nicht geschehen zu lassen, was einst geschehen war und du nun wiedererzählen, wiedergeschehen-machen sollst. In diesem Augenblick, mitten während der Aufnahme also, riß ich ihn zu mir her und herab, damit es nicht geschehen konnte. Nie wieder geschehen könnte. Und ... – ich weiß nicht, ob du dir das Grauen, das ich empfand, vorstellen kannst, als die Schüsse explodierten. Es waren ja nicht die eingebauten Sprengladungen, die *squibs* mit den Blutbeuteln, an die ich dachte, nicht der präparierte Dummy. Es war vielmehr, als sei mein Vorwissen doch umsonst gewesen, als hätte ich die einmalige Chance zunichte gemacht und trotz allem zu spät gehandelt, als sein Kopf in meinen Händen explodierte. Es war, als hätten sie ihn nochmals getroffen, trotz meiner Arme, trotz des Schutzes, trotzdem ich ihn tief nach unten gezogen hatte und fest umklammert hielt. Es war, als würden sie ihn immer wieder treffen, zu allen Zeiten, wohin auch immer ich mich und ihn schützend versteckt hätte. Immer wieder, ich würde ihn nie tief genug hinabziehen können. Immer wieder. Meine Schuld, in diesem Moment, wuchs ins Unendliche – und deshalb schrie ich, deshalb. Von Handverletzungen wußte ich nichts, ich sah sie nicht, ich spürte sie nicht einmal. Ich lag wie begraben, unter einem Berg von Schuld, diesen Augenblick – das Geschenk jenes Augenblicks: alles zu retten, das Geschehene ungeschehen zu machen – nicht angenommen, zu spät gesehen, zu spät begriffen zu haben. Begreifst du das?«

»Aber das ist doch ... Wahnsinn. Es ist doch nicht deine Schuld, daß er starb. Daß Kennedy starb. Erschossen wurde. Selbst wenn jene Sprengladungen nicht gezündet worden wären, die Filmschüsse also nicht losgegangen wären ... du wirst mir doch nicht sagen wollen, du hättest dann das Gefühl gehabt, ihn gerettet zu haben ... Ich meine: man hätte den Wagen so oder so angehalten und hätte dich über dieser Puppe liegend gefunden. Es war ein *re-enactment*, man hat die Attentatsszene nachgestellt. Was begreifst du da nicht?«

»Ich war drin, du nicht. Ich spürte ganz deutlich, daß etwas am Umkippen war. Die Szene war nachgestellt, sicher, das wußte ich. Aber es entwickelte sich ein Sog, je näher wir dem entscheidenden Moment kamen. Ich war erstaunt, daß die anderen nicht ähnlich fühlten. Die anderen Statisten. Ich sah sie ihrer Arbeit nachgehen. Aber dann war mir auf einmal klar, daß nur ich es so sehen konnte. Nur ich diese Chance haben ... nur mir diese Chance gegeben sein würde. Niemand sonst hätte nach rechts greifen und Kennedy herab und aus dem Schußfeld ziehen können. Niemand sonst. Es war an mir.«

»Und das findest du nicht verrückt?«

»Es war, als habe sich etwas verschoben, das Zentrum, der Sinn aller Vorgänge. Es war mir, als gäbe es ein neues Zentrum. Dein Vorwissen bewirkt das. Aber entscheidend ist nicht dieses Vorwissen allein. Wirklich entscheidend ist: willst du es? Fühlst du die Verantwortung des Moments, das Unmögliche gegen alles Mögliche, gegen die Wirklichkeit selbst zu tun?«

»Jetzt erkläre mir noch mal Folgendes«, sagte ich. »Du glaubst, du hättest tatsächlich etwas – ich meine, faktisch – an den historischen Tatsachen durch dein zu spät gekommenes Handeln ändern können?«

»Darauf kann ich nicht antworten. Ich handelte gezwungenermaßen. Aber wir kommen immer zu spät – bis wir aufs Zuspätkommen kommen, gleichziehen. Dann, plötzlich, ist die Gelegenheit vorhanden, das Leben zu ergreifen. Im übrigen glaube ich, wenn, was du andeutest, ... wenn eine Veränderung der Tatsachen durch solches Handeln einträte, die Wirklichkeit in eine andere Richtung hin quasi ›verschoben‹ würde, wir wüßten es doch nie. Denn wie wäre das festzustellen?«

»Das ist Unsinn. Ich verstehe nicht, wie du einerseits ... dich einerseits von dem Vorfall wieder erholt zu haben scheinst, andererseits aber ...«

»Du bist Deutscher?«

»Deutscher, ja.«

»Du wirst mir doch nicht sagen, daß du nie Ähnliches empfunden hast.«

»Nie.«

»Du hast die Chance nie herbeigewünscht, dich nie nah daran gefühlt?«

»Die Chance? Wovon redest du jetzt?«

»Die Chance, etwas, das so ungeheuer auf dir lastet, ungeschehen zu machen, weil du den Vorgang mit Vorwissen nachdenkst, ihn nachbereitest, ihn in Gedanken so genau nachstellst, daß du dich hineinstellen kannst, daß er da ist, die Chance vor dir. Das hast du noch nie gefühlt?«

»Doch ... doch, vielleicht. Aber ...«

»Und was war das? Wo lag der entscheidende Moment, als es nur auf *dich* ankam?«

»Ich weiß noch ... Es ist nicht so lang her, zwei, drei Jahre vielleicht, da blätterte ich in einem amerikanischen Buch über weltgeschichtliche Augenzeugenberichte, es hieß ... ja, ›Eyewitness to History‹ oder so ähnlich.

Ich stieß auf den Bericht eines amerikanischen Journalisten, der Erschießungen von Juden in der Ukraine beschrieb. Man hatte, sagte er, ihn und seinen Begleiter ohne weiteres an die Gruben herangelassen. Er beschrieb ... die Menschen, die da ihre Kleider ausziehen, die Ukrainer, die sie weiterführen. Den einzelnen SS-Mann mit der Hunde- oder Reitpeitsche, der alles überwacht. Dann hinter dem Erdwall, wo sie ... – hier las mein Auge voran, ohne daß sich meine Stimme dazugewagt hätte, die Worte auch nur im Innern auszusprechen. Es war, als dürfte ich nicht weiterlesen, weiterdenken, als hörte hier alles Denken auf. Nur – das Auge *las* weiter. Aber so, daß die Buchstaben blind und leis blieben.«

»Und was ... war da?« fragte sie. Aber nicht, als wüßte sie's nicht schon. Es klang eher, als wolle sie sagen: Und? Willst du hier weiterreden?

»Der Augenzeuge trat hinter den Erdwall, wo sich die Leute auf die noch blutiggeschossenen Leichen legen mußten. Mancher der unteren habe sich noch bewegt, und er habe welche gesehen, die seien von anderen gestreichelt worden oder beruhigt. Ich weiß noch, wie Unvorstellbares ich hörte, als es in dem Bericht von den Noch-Lebenden hieß: *they spoke to them in a low voice*, den Fast-Toten hätten sie leis zugeredet und ...«

Ich brach ab. Ich brach ab, weil ich mich verloren hatte. Völlig verloren ... Ich wollte Jackie ein Beispiel geben für einen Augenblick, da ich, mit Vorwissen, gerne die Chance ergriffen hätte, von der sie sprach. Die Chance, das Zeitenrad anzuhalten, etwas nicht geschehen zu lassen. Von einem Moment, als dieses Gefühl, jetzt so handeln zu müssen, so groß war, daß es ihrem handelnden Wünschen bei der Nachstellung des Attentats vergleichbar gewesen wäre. Aber ich hatte mich getäuscht. Ich hatte instinktiv zu dieser Erinnerung gegriffen – oder eher noch: sie zu mir –, sobald ich Jackies Auffassung von »Chance« verstanden hatte. Aber ich war in die Irre geführt. Hier war kein Moment, in den ich mich hätte stemmen können. Ich war, bei jedem Schritt, jedem nacherzählenden Schritt, so gelähmt wie der amerikanische Beobachter. Ich erzählte nicht weiter, ich schwieg. Nur im Innern rannten die Bilder weiter, unaufhaltsam, nirgendwo ein Aufhalten. Der Augenzeuge sprach davon, wie er *stepped back*, ›zurücktrat‹ ... *stepped forward*, ›vortrat‹ ... oder *stepped behind*, ›hinter etwas trat‹. Und jedes scheinbar harmlose Wort, jeder Schritt hatte Entdeckungen von ungeheurer Grausamkeit zur Folge. Ein SS-Mann mit Maschinengewehr habe an der Menschengrube gesessen, er habe eine Zigarette geraucht. Eine junge Frau läuft am Beobachter vorbei, deutet auf sich und sagt: »Dreiundzwanzig.« Das Bild ist nicht aufzuhalten. Rettungslos. Rettungslos auch der Beobachter hier, denn wer kann sich – selbst beim Lesen, beim Zuhören – da noch retten? Also ... Warum mußte ich ihr dieses Beispiel geben? Grauenhaft. Ich komme da nicht mehr raus. Hier, in dem Bilderwahnsinn, war nichts aufzustemmen, keine rettende Lücke, in die man hätte einstechen und alles rettend aufbrechen können. Wie wäre ich hier, beim Lesen, je zu jener »Chance« gekommen, wie hätte ich je auch nur in Gedankenflucht gewagt, da noch retten zu können, da, in diesem Moment? Irgendwo, dunkel, stieg die Erinnerung auf, daß ich beim ersten Lesen, beim ersten lesenden Sehen der Bilder in diesen Augenzeugenbericht noch rettend einspringen wollte, noch während die Sätze vom Auge gelesen, vom Sprecher gesprochen und – ein weitester Sprung – vom Sprecher erlebt worden waren. Aber das war verlogene Phantasie, allem Vorwissen zum Trotz.

»Ich glaube«, sagte sie nach meiner Pause, »du hast mich nicht verstanden.«

»Doch, doch, ich glaube schon. Ich weiß allerdings nicht, warum ich dir diesen Bericht als Beispiel für...« Plötzlich fiel es mir ein. Mir fiel ein, daß ich...

»Aber weißt du was, gerade fällt es mir ein: Ich erinnere mich. Denn am nächsten Tag ging ich nochmals an das Buch. Ich wollte mir den

Namen des Augenzeugen notieren, um zu sehen, wie er mit diesem ungeheuerlichen Wissen umgegangen war, wem er's gemeldet hatte und wie darauf reagiert worden war. Und erst da fiel's mir auf. Fiel mir auf, daß ich sofort und instinktiv, schon nach dem Lesen der Überschrift: ›Judenermordung in der Ukraine 1942‹, schon nach dem Lesen der Überschrift eine Möglichkeit zur ›Rettung‹ und ›Flucht‹ eingeleitet hatte. Ich hatte den Namen des Berichterstatters, der groß und in Klammern unter der Überschrift genannt war, gestreift und mich sofort hinter seine amerikanische Stimme der ersten Zeilen versteckt. Und eine kleine kindliche Stimme in mir fragte: ›Wie kommt dieser Amerikaner dorthin? Ist er Spion?‹ Und dieselbe Stimme sagte auch immer wieder: ›Der wird es melden. Er wird alles sehen, er wird entkommen und es melden. Schnell, rasch, geh du jetzt schon, du hast genug gesehen, hol schnell die andern, melde es ihnen, sag es allen, trag es nach draußen, hol sie her, sie zu retten, damit das endet!‹ Ich habe, ich bin sicher, solche erbärmlich kindlichen Stimmen im Hintergrund immer mitgehört, wenn ich auf solche Berichte stieß. Man hört weg, weil man's natürlich besser weiß. Es ist ja alles schon hinter uns. Und: ›Vergangenes ist vergangen‹, nicht? Hier aber, als ich das Buch, wie gesagt: am nächsten Tag, wieder aufschlug, mir den Namen des Augenzeugen zu merken, stand in der Augenzeugenklammer kein amerikanischer, sondern ein deutscher Name. Also hatte sich … niemand davongemacht, niemand es rechtzeitig weitergemeldet, niemand Hilfe geholt. Der Augenzeugenbericht des Deutschen war für ein amerikanisches Buch übersetzt worden. Ich hatte die ›Chance‹, von der du sprichst, also völlig unbewußt ergriffen. Ja, ich ›wollte‹ das anhalten, ich wollte es nicht geschehen, nicht weiter geschehen lassen, als ich's las. Der ›Wille‹ war da – aber eher unbewußt, feige, verschwommen, hinter der Stimme des ›guten, uns alle rettenden Amerikaners‹, einem Klischee aus der Kindheit, versteckt.«

Wir schwiegen eine Weile. Drüben, auf dem Rasen vor dem Haus, fuchtelte jemand lachend mit einer Taschenlampe. Drei-, viermal blinkte der Kühlergrill des alten Pontiac auf, im Takt zur Musik. Dann gingen die Lichter im Wohnzimmer aus, die Musik wurde abgestellt. Man hörte sie »Happy Birthday« anstimmen, die anderen einfallen. Jackie sah auf die Uhr.

»Willst du da nicht dazu?« sagte sie.

»Zu meinem Geburtstag?«

Sie sah mich erstaunt an.

»Die singen, ohne sich umgesehen zu haben. Jeder denkt, irgendwo in der Menge wird er schon sein. Er wird sich schon melden. So ist es immer.«

»Na, ich glaube, für mich wird es auch langsam Zeit«, sagte sie. »Ich will noch nach meiner Verwandtschaft sehen. Also, Happy Birthday wünsch ich dir dann ...«

»Wo wohnt ihr denn?«

Sie deutete auf das Duplex hinter uns.

»Mrs. Langsam?«

»Meine Großmutter«, sagte Jackie und sah,

wie überrascht ich war.« »Richtig, ihr kennt euch ja. Ich dachte, ich hätte dir schon gesagt, daß ich mich seit ein paar Wochen hier um sie kümmere. Vorgestern mußte ich sie mit dem alten Ding« – sie deutete auf den Pontiac – »zum Arzt fahren. Sie sagen, es war ein Schlag.«

»Das wußte ich nicht. Ich war die letzten Wochen in Deutschland. Ich kenne sie schon seit... vier oder fünf Jahren. Den Wagen da hat ihr Mann immer gefahren, nicht?«

Sie nickte.

»Als er damals starb, hab ich's erst von einem Nachbarn erfahren. Sie selbst hat zunächst nichts gesagt. Ich meine, wir grüßten uns, wechselten immer ein paar Worte, wenn ich ihr die Miete rüberbrachte. Später ist sie etwas gesprächiger geworden. Manchmal fragt sie nach meiner Arbeit oder redet auch ein paar Worte deutsch mit mir. Ich kann ihren Berliner Akzent noch raushören.«

»Hat sie dir ihre Geschichte erzählt?«

»Na, ich weiß, daß sie... ich glaube, sie kam 41 oder 42 hier rüber.«

»42, mit meinem Großvater. Aber ich meine nicht ihre Flucht. Die Geschichte in Berlin hat sie nie erwähnt?«

»Nein, ich glaube nicht.«

»Die Eifersuchtstragödie?«

»Kein Wort.«

»Ich habe sie«, sagte Jackie, »erst vor zwei Wochen nochmals darüber ausgefragt. Ich kannte die Geschichte schon als Kind. Nicht von ihr selbst, sondern von meiner Mutter, die sie mir irgendwann erzählte. Meine Großmutter sei damals dreiundzwanzig gewesen, seit einem Jahr verlobt. Sie lebte in Berlin und war in ein elendes Eifersuchtsdrama verwickelt. Ihr Verlobter, mein Großvater, und sie waren beide jüdisch. Es war 1933, da hat sie, sie werde es nie vergessen, an ihrem Geburtstag, am vierten März also, zusammen mit ihrem Verlobten, eben dem Großvater, am Radio einer großaufgemachten Rede Hitlers zugehört. Und danach hätten sich beide entschlossen, Deutschland zu verlassen. Sie wollte ihre Stellung kündigen. Ihr Arbeitgeber, ein Bankier, bei dem sie als Sekretärin arbeitete, würde ihr, so glaubte sie, Adressen mitgeben, die den beiden in Frankreich weiterhelfen sollten. Wenige Tage später, es sei kurz nach den Wahlen gewesen, waren die Koffer gepackt, sie hatte gekündigt, die erhofften Empfehlungsschreiben zwar nicht erhalten, aber wohl irgendeine Summe Geld. Keiner ihrer Freunde, von denen einige sie bereits zu meiden begonnen hatten, wußte von ihren Absichten. Da fielen ihr bei den letzten Vorbereitungen, beim Durchsuchen der Wohnung nach Habseligkeiten, die sie würde zurücklassen müssen, noch Briefe in die Hände. Briefe einer anderen Frau. Ihr Verlobter unterhielt seit längerem eine Affäre mit einer anderen. Zeit und Ort, wo sie sich immer trafen, war in den Briefen genannt. Unter dem Vorwand, ihm Schlüssel, die sie noch hatte, aushändigen zu wollen, ging sie am nächsten Tag nochmals ins Haus des Bankiers und entwendete in einem unbeobachteten Augenblick aus der Schreibtischschublade, zu der sie Schlüssel besaß, eine Pistole. Mit der Hand an der Pistole, die sie in ihrer Manteltasche versteckt hielt, sei sie zur ... – ich glaube, es hieß ›Friedrichstraße‹, irgendein großer Boulevard dort – gelaufen und sei an der Stelle vorbei, wo er, laut der Briefe, immer auf die andere wartete, und habe sich überlegt, wo sie die beiden abpassen könne. Sie hat beim Erzählen der Geschichte immer betont, daß sie dazu auf die andere Straßenseite ging und dort länger ins Schaufenster eines Geschäfts blickte, wo man beim Honigmachen zusehen konnte, und daß es sie ein wenig beruhigt habe, da zuzusehen, bis ihr einfiel, daß er es war, der ihr das Geschäft einmal bei einem Spaziergang gezeigt hatte. Ihre Wut, ihre ganze Verzweiflung sei da verstärkt wiedergekehrt. Dann ging sie, den Treffpunkt auf der anderen Straßenseite immer im Auge – es muß kurz vor der verabredeten Zeit gewesen sein –, einige Schritte weiter zur Ecke einer Seitenstraße, wo es ein Restaurant gab, das bekannt war für seine gute Küche. ›Dort wollte ich auch mal hin ... – mit ihm‹, hat sie gedacht, und der Schmerz war kaum auszuhalten. Sie habe den Kolben der Pistole fest ›gegengedrückt‹, als halte sie sich daran fest, und habe kurz zur anderen Seite geschielt, wo aber noch niemand erschienen war. Als sie sich wieder umdrehte, kam – fünf, sechs Schritte von ihr entfernt –, sie habe ihn natürlich sofort erkannt, Adolf Hitler auf sie zu. Er war allein, kam über die Seitenstraße her auf sie zu. Er sei in Zivil gewesen und ohne Mantel. Das sei ihr aufgefallen. Und daß er etwas zögerlich ging. Er ging dicht an ihr vorbei, in jenes Gasthaus. ›Das war meine Chance ... Hätte ich doch ...‹ Und: ›Wenn ich nur ... Wenn meine ganzen Gedanken nicht eurem Großvater gegolten hätten ...‹ So hat sie später öfter erzählt. Nein, ich erinnere mich, wie sie sich und uns – es muß sie gequält haben – öfter ausgemalt hat, was gewesen wäre, wenn. Wenn sie die Geistesgegenwart, wenn sie das Vorwissen besessen hätte. Jetzt wußte sie alles, und es wog, wenn man ihr zuhörte, unerträglich schwer, war unverzeihlich, was sie getan – was sie *nicht* getan hatte.«

»Und der Verlobte, dein Großvater…?«

»Sie verließen Berlin noch am selben Abend. Beide. Zusammen. Daß sie Briefe entdeckt hatte, habe sie ihm erst, Jahre später, während der Überfahrt erzählt. Vor zwei Wochen nun, ich war schon ein paar Tage bei ihr in Los Angeles, sprach ich sie nochmals auf die Adolf-Hitler-Geschichte an, den Moment, als er auf sie zukam. Sie erinnerte sich gut daran, an jede Einzelheit. Der Laden, wo Honig gemacht wurde, das Gasthaus, das für seine gute Küche bekannt war. Nur die Pistole fehlte. Fehlte völlig. Mir war's zunächst nicht aufgefallen. Dann erinnerte ich sie an die Geschichte, die sie meiner Mutter erzählt hatte. Ja, die Briefe, das Eifersuchtsdrama, das habe alles stattgefunden. Aber von einer Pistole wisse sie nichts. Sie habe nie eine in der Hand gehabt.«

»Und der Bankier?«

»Der gab ihr Geld. Aber keine Pistole. Nein, sie sei furchtbar eifersüchtig gewesen, hätte die beiden abpassen wollen, aber sie hätte doch nie im Leben, nicht im Traum daran denken können, ihren Geliebten zu erschießen. Wo dächte ich hin! hieß es.«

»Und warum wurde dir's dann so erzählt?«

»Ich weiß es nicht. Es schien mir nicht, als habe sie, als wir noch mal darüber sprachen, irgendwas absichtlich unterdrückt. Etwa darauf geachtet, die Pistole nicht zu erwähnen.«

»Also hat sie nie existiert, die Pistole?«

»Vielleicht hat das Schuldgefühl«, sagte sie, »ihr Schuldgefühl, überlebt zu haben, damals, als den Kriegsverbrechern in Deutschland der Prozeß gemacht, als Eichmann gefunden und vor Gericht gestellt wurde, die Waffe an die Hand gegeben. Ihr in die Hand gegeben. Verstehst du? Eichmann wurde 62 hingerichtet. Vor oder um diese Zeit könnte sie meiner Mutter die Geschichte zum ersten Mal erzählt haben. Möglich wäre es. Oder...«

»Oder...?«

»Naja, ich weiß es nicht. Ich weiß es einfach nicht. Ihr Gedächtnis läßt jetzt rapide nach. Vielleicht war's nicht der erste Schlag vor ein paar Tagen. Aber das Unheimlichste in dieser

Hinsicht hab ich ... hab ich gestern erlebt. Gestern, da las ich in eurer »L. A. Times« einen längeren Artikel über Neo-Nazis in Deutschland. Sie sah mich die Zeitung lesen und bemerkte die große Überschrift und die Fotos. Ich deutete darauf und sagte zu ihr: ›Ist es nicht seltsam, vor ein paar Tagen sprachen wir noch davon?‹ Sie blickte her, schien aber nicht richtig gehört zu haben. ›Was sagst du?‹ fragte sie mich interessiert. Ich wiederholte nochmal: ›Sie reden hier über Hitler und die neuen Nazis – wir sprachen doch vor ein paar Tagen davon ...‹ Ich sah, sie verstand nicht, wovon ich sprach. Ich dachte: Sie hat gerade geschlafen, ist vielleicht noch etwas verwirrt und hört nicht gut. Ich wiederholte, etwas lauter, so daß sie's hören mußte: ›Da reden sie von Adolf Hitler und ...‹ Sie unterbricht mich: ›Von wem reden sie?‹ Ich frage, ob sie mich nicht richtig hören kann. ›Doch, ich verstehe dich gut.‹ Ich hole nochmals aus: ›Wir sprachen doch vor ein paar Tagen von damals, 1933, als du Hitler auf der Straße in Berlin getroffen hast.‹ ›Wen?‹

fragt sie. ›Hitler. Adolf Hitler. Damals, in Berlin …‹ ›Wer ist das?‹ fragt sie. Mit völlig unschuldig interessiertem Gesicht. ›Aber du erinnerst dich doch‹, sage ich, ›damals, 1933, du und Granddad, ihr habt die Hitler-Rede im Radio gehört und euch dann entschlossen, Deutschland zu verlassen. Wir sprachen vor ein paar Tagen darüber. Dann ist dir Adolf Hitler vor dem Restaurant in Berlin begegnet.‹ Und dann hör ich sie's sagen: ›Adolf Hitler, wer ist das?‹ Ich sehe ihr Gesicht, aber es ist vor allem ihre Stimme, die mich ganz durchdringt. Diese wahre und gute Stimme, durchaus nicht ohne Kraft. Es war – ich weiß nicht, ob du's dir vorstellen kannst – unfaßbar, das zu hören. Für die, die da sprach – das war mir in diesem Moment völlig klar –, hatte es diesen Mann nie gegeben. ›Adolf Hitler‹. Nicht den Hauch einer Erinnerung an ihn. Sie sprach seinen Namen so aus, als sei er auch mir noch nie zu Ohren gekommen … als hafte noch nichts an ihm, als sei er völlig reingewaschen worden … Als sei noch nichts geschehen.

Aber das hieß, ich fühlte's im selben Augenblick: Alles steht noch an. Alles ist schon dabei, sich zu wiederholen, weil es nunmehr vergessen worden war.«

Drüben kamen einige Gäste wieder nach draußen, setzten sich auf den Rasen und aßen ihr Stück vom Geburtstagskuchen. Manche stiegen in ihre Autos, brachen auf. Es war Zeit, schon nach Mitternacht. Einer der Wagen bremste ab, als er bereits an uns vorbeigefahren war.

Der Fahrer stieß nochmals zurück und erschien langsam, parallel zum Pontiac.

Es war Talia Trafficante, die das Fenster runterrollte und mir »Happy Birthday« zurief.

»Wo warst du die ganze Zeit?« rief sie. »Wir haben dich gesucht.«

Dann fiel ihr Auge auf Jackie – und es war wie in einer schlechtgespielten Szene, in der die Schauspielerin, um »überrascht« auszusehen, ihre Lippen zum »O« rundet. Ich stand auf und ging zu ihr rüber.

»Danke, Talia. Mußt du schon gehen?«

»Leider, leider.«

»Kennst du – kennt ihr euch?« fragte ich und zog die Brauen hoch, als träte ich in derselben Szene auf. Ich drehte mich zu Jackie, die sitzen blieb, und sagte:

»Talia, das ist Jackie Ballard. Jackie, das ist Talia Trafficante.«

»Was für herrliche Handschuhe!« sagte Talia zu Jackie.

Jackie lächelte und winkte ihr zu.

sunrise

Nobis autem absentibus non ruit
domus nostra, aeternitas tua.

Doch ob wir auch ferne sind,
stürzt darum nicht ein unser
Haus, Deine Ewigkeit.

Augustinus

Jeder neu erschlossene Bereich
des Unbewußten erfordert einen
kosmogonischen Akt der separatio.

Edward F. Edinger

Die Frau, die den Dieb erschoß

Minuten vor dem Erdbeben in Los Angeles wurde Lucy Alvarez, deren Mann in der Nacht zum 17. Januar 94, viele Meilen entfernt, in einem Supermarkt als Nachtwächter seinen Dienst versah, von zwei Glöckchen geweckt, die unter der Porzellandecke einer St. Antonshöhle verhakt waren und – als habe jemandes Zeigefinger an sie gestoßen – zu klingeln begannen.

Lucys einjähriger Sohn Antonio, für den

sie die Miniatur heute, am Festtag seines Namenspatrons, zum ersten Mal aus dem alten Schrank holen wollte, schlief fest neben ihr und ließ sich vom Läuten, auch vom leisen Rucken der Riegel und Knarren der Angeln nicht wecken.

In der Gewißheit, daß ein Einbrecher sich am Schlafzimmerschrank zu schaffen machte, lag die Frau wie erstarrt, Hand am Kind, unfähig, nach dem Nachttisch zu tasten, in dem die Pistole lag.

Das Läuten kam näher, als trüge der Dieb eine Schuld heran, von der doch nur sie wissen konnte.

Als Lucys Mann sie nämlich, kurz nachdem er die junge Frau in Mexico kennengelernt, unter Gefahr über die Grenze geschmuggelt und in Kalifornien geheiratet hatte, verheimlichte sie ihm ihren ersten Sohn. Noch vor der Geburt ihres zweiten erfuhr Lucy, daß der damals Zwölfjährige, den sie zurückgelassen, bei einem Einbruch in Tijuana ertappt und erschossen worden war. Da gab sie ihrem Neugeborenen den Namen des ersten, Antonio, ihn im zweiten wachzurufen und nie wieder zu verlieren.

Stille.

Auch das Klingeln hört sie nicht mehr.

Mit einem Schlag wird Lucy aus dem Bett geschleudert, vom Kind getrennt.

Sie greift ins Dunkel zurück, es an sich zu reißen, findet's nicht mehr, findet, zurückgestoßen, die Waffe, aus der Lade geschüttet, vom Boden gelesen, schon im Griff ihrer Hand, schreit gegen den Dieb, Kinderdieb, bis – in zuckendem Lichtstoß – zwei Fenster bersten, ihre Hand im Scherbenregen auf leergeschüttelte Wände zielt, schwarz fällt, die Niedergerissene, durchs Dunkel, Wasser, brechenden Mörtel, am Teppich verkrallt, zu kriechen sich müht, schreit, überschrien vom Lärm, der, mehr noch als Schlagen des Bodens, sie einkrümmt, niederprügelnd sie einfängt, das Bein ihr durchnagelt im Balken, das Becken im Deckbruch zerquetscht, ihren Atem zangenzerreißt, unterm Schuttwalm beinah begräbt.

Stille.

Sie ruft in die Stille, schreit nach dem Kind. Nach welchem, bald weiß sie's nicht mehr.

Stöhnt, spuckt ihren Staub. Es gibt nur noch Staub.

Da läßt sich ein Klingeln hören, aus der höhligen Tiefe des Schuttwalms vor ihr, ein Zeigefinger sich sehen, der an die Glöckchen schlägt, und im Staub, von den Trümmern niedergestoßen: der Dieb.

»Hör auf zu schreien. Dein Kind ist tot«, sagt er, richtet das Licht einer Lampe aufs Einjährige, das er kopfunter hängen läßt.

»Gib ihn mir«, schreit die Frau.

»Wozu noch? Du bist am Verbluten«, sagt er und legt die Lampe zu ihr, damit sie's einsehe.

»Aber man wird uns doch finden«, sagt sie.

»Dich findet niemand mehr. Auch oben sind alle tot. Heute war mein Tag.«

»Gib mir meinen Sohn!«

»Ich werde ihn begraben gehn«, sagt der Dieb und regt sich unter den Trümmern, stößt sie auf, wo er will, als seien sie ihm nur abgestreiftes Kleid, in dem er sich bisher verbarg.

»Er ist nicht tot«, schreit die Frau, sucht mit letzter Kraft nach dem Dieb zu greifen, der, das Kind im Arm, sich ins Faltendunkel der Höhle zurückschließt.

»Tot wie dein letzter, den du verließt«, sagt er, im höhligen Schacht schon verschwunden.

»Lügner! Er schläft nur, er...«

Da gibt sich der Dieb zu erkennen, daß sie erschrocken die Augen schließt. Denn sie sieht, daß aus IHM, wie aus ihr, bisher zwei Söhne sprachen.

Nur ihr blindgeschlagener Schrei zwingt den sich Abwendenden, ein letztes Mal stehenzubleiben – und er steht –, zurückzusehen auf die Welt, den geschichteten Schutt, auf dessen Trümmerstufenleiter er aufsteigen wollte – und aufsteigt.

Da schwingt durch den Lichtkegel seiner zu Boden gelegten Lampe eine scherbige Hand, Pistole im Griff, wie nach Zeit noch, nach Letztem sich reckend, ehrfurchtlos zielend auf IHN ...

Jetzt hält er. Hält.

Und da – da erst – macht er kehrt für die Frau ohne Ehrfurcht vor ihm, steigt die Stufen zurück zu einer, die glaubt nicht, daß Söhne gestorben, die Welt untergegangen und alle Zeit aufgehört hatte zu sein.

Vor ihr kniet er nieder. Hinkauernd hilft er ihr, Gott die Waffe zwischen die Rippen zu stoßen.

Die Kugel bricht ein, und Zeit fließt daraus.

Denn erst der Schuß, den sie am Morgen um 6 Uhr 57 hörten, ließ die Suchtruppe, zu der auch später ihr Mann stieß, auf die unter dem Haus Verschüttete aufmerksam werden.

Lucia Alvarez wurde lebend geborgen, ihre Hand am Kind, das noch schlief.

Inhalt

sundown

Mr. Colman erwacht
9

night

Das verräterische Herz
23

Der Stab Moses'
65

Die Nacht der Zeitlosen
92

sunrise

Die Frau, die den Dieb erschoß
143

PT 2678 .O814 N33 2001

Roth, Patrick, 1953-

Die Nacht der Zeitlosen

DATE DUE

	11/8/02	
MAR 0 8 2003		
DEC 0 9 2002		
10/30/16		

CANISIUS COLLEGE LIBRARY
BUFFALO, NY